AF449914

Carlo Boldrighini

# Gli Anni dell'Amicizia

Youcanprint *Self - Publishing*

Titolo | Gli Anni dell'Amicizia
Autore | Carlo Boldrighini
Immagine di copertina a cura dell'Autore
ISBN | 978-88-91121-77-6



Youcanprint *Self-Publishing*
Via Roma, 73 - 73039 Tricase (LE) - Italy
www.youcanprint.it
info@youcanprint.it
Facebook: facebook.com/youcanprint.it
Twitter: twitter.com/youcanprintit

# 1956

La spiaggia, a quell'ora della mattina, è quasi deserta. Qualche villeggiante mattiniero si diverte a far correre il cane sul bagnasciuga, lanciando in acqua un pezzo di legno. L'animale, felice, si precipita a prenderlo per riportarlo regolarmente al padrone, con il quale inizia una lotta per il suo possesso.

Qualcun altro, con l'acqua fino ai polpacci, raschia il fondo sabbioso con una specie di rastrello, con la speranza di raccogliere in un retino qualche tellina.

I capanni, tutti uguali, di legno, dipinti con larghe strisce verticali bianche e blu e con il tettuccio a capanna, sono allineati, in ordine perfetto, quasi a ridosso del muretto che li separa dal marciapiede del lungomare. Il bagnino dà gli ultimi colpi di ramazza al pavimento della piccola veranda che si apre di fronte all'entrata di ciascuno di essi, prima dell'arrivo dei bagnanti.

La giornata è splendida e si preannuncia calda. È circa la metà di luglio. Le scuole sono già chiuse da circa un mese, e gli esami di maturità si sono protratti fino a qualche giorno prima.

Fuori dell'edificio scolastico numerosi studenti attendono che si apra il portone per consentire loro di entrare nell'atrio e di leggere i risultati che saranno esposti nelle apposite bacheche.

Quasi tutti vivono l'angoscia dell'esito finale, anche quelli che non hanno alcun timore di essere bocciati.

Attraverso i vetri del portone si intravede la figura del bidello che si dirige verso le bacheche sulle quali affigge dei fogli. Gli studenti vicini all'entrata urlano a quelli che non possono vedere: "Sono arrivati! Sono pronti!"

A quel richiamo i ragazzi si affollano tutti verso l'ingresso fino a formare un muro umano compatto.

Il bidello apre, timoroso, un'anta del portone, ammonendo: "Ragazzi, calma! Tanto quelli non scappano. Entrate pochi alla volta."

Non appena ha pronunciato quelle parole, viene travolto dalla valanga umana.

Sui loro visi si possono leggere le più svariate espressioni che il volto umano può offrire: dalla delusione, che nelle ragazze molto spesso è prossima alle lacrime, all'indifferenza fatalista di chi si aspettava già il risultato di una bocciatura, o alla gioia più sfrenata di chi ha superato alla grande la prova.

È proprio quest'ultima espressione quella che risplende sul volto di tre ragazzi che, agitando in aria le braccia in segno di vittoria e urlando con quanto fiato hanno in gola, si catapultano fuori dall'edificio fendendo il muro formato da quei compagni che non sono ancora arrivati a leggere gli esiti esposti.

Superano, con un solo salto, i quattro gradini dell'ingresso e corrono, sempre urlando, verso i giardini pubblici, non lontani dalla scuola, e in particolare verso lo chalet-bar, dove festeggiano la promozione divorando supplì e crocchette e bevendo aranciata. Calmata con il cibo l'euforia, si avviano verso il prato che circonda il laghetto, e lì si sdraiano con le braccia dietro la testa e lo sguardo fisso al cielo.

I loro volti sono illuminati da un sorriso che suggerisce un chiaro senso di soddisfazione e, più ancora, di liberazione.

Non parlano. Si limitano soltanto ad assaporare l'intensa felicità di quel momento.

Dal juke-box dello chalet la voce magica dei Platters intona *Only You*.

"Ragazzi, ci pensate?" sussurra Alex, uno dei tre, con la voce resa afona per le grida precedenti. "Non riesco a crederci. Siamo liberi. Li-be-riii!"

"Sì" fa eco Gianni, un altro dei tre. "Finalmente le prime vacanze senza l'incubo della riapertura a ottobre."

"È vero, anche se poi dovremo pensare all'Università" sentenzia Bruno.

"Sì, però è diverso" replica Alex. "Se non altro, non hai più l'incubo delle interrogazioni a sorpresa."

*'Ragazzi, si chiude un capitolo e se ne apre un altro'* declama Gianni imitando la voce del professore di lettere *'quello della maturità. Da questo momento siete uomini, pronti per sfogliare le pagine di quel grande libro che è la vita.'*

"A proposito di uomini..." è Alex a parlare. " Ragazzi, ascoltatemi. Io avrei in mente un programmino da leccarsi i baffi, però... esclude la presenza delle nostre amiche."

"Come! Non dovevamo andare a ballare tutti insieme?" domanda Gianni.
"Cambio di programma. Succede nelle migliori famiglie. Io proporrei…
la Via Dei Due Leoni. Eh, che ne dite? Non sono un genio?"
Bruno si dichiara d'accordo. " Ma sì. Tanto prima o poi avremmo dovuto
farlo. Tanto vale farlo questa sera che abbiamo lo spirito adatto. Gianni,
tu sei d'accordo?"
"Sì, certo. Perché no..." la sua voce è un po' esitante. "Però le ragazze
chi le avverte? Io no di certo! Ci eravamo già impegnati con loro. Che
cosa ci inventiamo, ora?" chiede angosciato.
"Ci penso io" si offre Alex. "Non vi preoccupate. Qualcosa me la invento.
Allora tutti d'accordo? Bene. Alle ventidue esatte tutti davanti al Caffè
Centrale. Puntuali e muniti delle carte di identità, mi raccomando."

Alle ventidue esatte si incontrano nel luogo stabilito e si avviano verso
una strada alberata, periferica, meglio conosciuta come la Via Dei Due
Leoni. In effetti il villino davanti al quale i ragazzi si fermano ha, in cima
alle due colonne che sostengono il cancello, due leoni con le fauci
spalancate.
Uno dei tre giovani, dopo essersi guardato in giro, suona il campanello e,
quasi istantaneamente, si sente lo scatto d'apertura del cancello. Salgono
alcuni gradini e si trovano davanti a una porta di legno massiccio.
Suonano ancora e la porta si apre dopo che due occhi hanno scrutato da
uno spioncino quadrato.
All'entrata devono esibire le loro carte di identità, rilasciate da poco a
tutti e tre.
La cassiera scruta i documenti prima, poi le loro facce, e sorride quasi
complice. Ha capito che per i ragazzi è la prima volta. Restituisce le
carte di identità.
Gianni prende la sua e chiede: "Quant'è?"
"Si paga *dopo*, angioletto" risponde la donna, marcando con la voce il
*dopo*.
La saletta di attesa è uno sfolgorio di cornici dorate su tappezzerie rosse.
Anche i divani e le poltrone hanno imbottiture di velluto rosso e sono
tutte rigorosamente allineate a ridosso delle quattro pareti perimetrali
della sala. L'effetto è di un ambiente molto ovattato, appesantito da un
profumo greve, di talco. Non si vedono finestre, forse sono nascoste

dietro a qualcuno dei numerosi tendaggi, sempre di velluto rosso, che rivestono le pareti.

I clienti, seduti sulle poltrone, attendono che la *sfilata* cominci.

I ragazzi prendono posto e si guardano intorno curiosi e anche piuttosto agitati. Ogni tanto si danno una gomitata come per dire *'vediamo che cosa succede'*. È come aspettare l'inizio di uno spettacolo.

A un cenno della donna dietro la cassa, una delle tende si apre rivelando un lungo corridoio terminante con una scala che porta al piano superiore e dalla quale scendono, lentamente, le ragazze.

Alcune hanno il seno scoperto e indossano degli slip da soubrette, cosparsi di lustrini; altre sono completamente nude ma coperte da vari giri di veli colorati intorno al corpo. Tutte indossano scarpe con i tacchi a spillo e i cinturini intorno alle caviglie.

Le ragazze cominciano la sfilata passando, ammiccanti, davanti ai clienti. Succede, a volte, che qualcuno di essi si alzi, faccia un cenno alla prescelta e insieme si avviino verso la scala che si trova in fondo al corridoio. Altre invece adocchiano il cliente di loro gusto, si siedono sulle sue ginocchia, lo stuzzicano un po'e poi, prendendolo per mano, lo conducono verso la stanza loro assegnata al piano di sopra.

Ai tre amici capita proprio questo.

È facile capire che, essendo i più giovani ed essendo bei ragazzi, sono fra i prescelti.

Le prestazioni in genere richiedono circa dieci minuti, tranne prolungamenti richiesti (e pagati).

Quando escono, i tre amici sono in uno stato a dir poco euforico. Camminano disordinatamente, dandosi spinte e ridendo sgangheratamente senza alcun motivo se non per la soddisfazione di avere superato quello che fino ad allora era stato un ostacolo posto dall'età.

È tardi ma si dirigono ugualmente verso la spiaggia, dopo essersi fermati in una cantina a prendere due bottiglie di vino rosso e una di bianco. Le bottiglie le ha fornite l'oste, e sia il rosso che il bianco sono di quelli che si vendono sfusi.

Giunti sulla spiaggia, si siedono sulla sabbia, addossandosi a una barca, e si scolano il vino dalle bottiglie, passandosele l'uno con l'altro.

Più per sfogare la loro euforia che per reale convinzione, si tolgono gli abiti e si tuffano in mare. Sguazzano urlando, cantando e infastidendosi.

Ritornati a riva si asciugano alla meno peggio con le rispettive camicie, che poi si annodano attorno al collo a mo' di sciarpa, e si rivestono.

Le giacche e i pantaloni assorbono l'acqua non del tutto eliminata dal loro corpo. Sui fianchi si forma una macchia scura dovuta agli slip ancora bagnati.

Sono brilli e allegri e, alquanto malfermi sulle gambe, si dirigono verso le rispettive abitazioni.


Alex Sistori è il più ricco del gruppo. Abita con il padre, rimasto vedovo quando lui aveva pochi anni, titolare di una fabbrica di calzature bene avviata e pronta ad accogliere il ragazzo non appena si sarà laureato. Con loro abita anche il primogenito, Guido, direttore amministrativo della ditta, e tutti e tre vivono in una bella villa dei primi del Novecento, nel viale più bello della cittadina.

Molte ragazze del gruppo smaniano per un suo sguardo, ma Alex, sebbene abbia colto molti dei loro segnali languidi, ha sempre avuto la saggezza di non andare mai oltre un *certo punto*. Ha sempre avuto un ottimo rapporto con il padre e da questi ha appreso che oltre quel *certo punto* potrebbero derivare guai seri.

Con il fratello Guido non ha molta familiarità. Guido ha sette anni più di lui e si può dire che sia nato e cresciuto già adulto: per lui *serietà* significa non sorridere mai.

Alex è tutt'altro tipo: è una persona gioiosa senza per questo essere irresponsabile. Si attiene scrupolosamente - e faticosamente - agli insegnamenti paterni, ligio al principio di non superare mai, con le ragazze, certi limiti imposti dal buon senso. Questo comportamento rende, non si sa quanto, soddisfatta la ragazza di turno, che in quel momento è una certa Daniela, anche lei decisa, sia pure a malincuore, a non andare oltre i limiti imposti dai genitori e dal perbenismo imposto dalla loro posizione sociale.

Il giovane riesce a entrare inosservato dalla porta di servizio e quindi a salire in camera sua senza che nessuno se ne accorga.


Bruno Casali appartiene a una famiglia ricca e in disfacimento. Il padre, volendo seguire le sue ambizioni artistiche, se ne è andato di casa per vivere in Francia, dove si sono perse totalmente le sue tracce. Non sa più niente di lui. Non ha nessun ricordo del padre, neppure una cartolina illustrata. Quanto alla madre, Giovanna, una donna molto in vista nella cittadina e famosa per la sua bellezza, dopo lo shock dell'abbandono, si è messa con un uomo più giovane di lei, con il quale passa la maggior parte del suo tempo, trascurando il figlio. Ignorandolo, quasi.

Bruno soffre profondamente per questa situazione con la quale si scontra giornalmente, e sente a poco a poco nascere nel suo animo una forma di cinismo e di apatia che rischiano di spegnere qualsiasi slancio affettivo verso la madre. Vorrebbe parlarne con lei, ma gli mancano quella spontaneità e quella naturalezza normali per chi è cresciuto con due genitori alle spalle. È evidente che non è questo il suo caso. Non riesce a perdonarle il fatto che, pur consapevole di avere un figlio, si sia gettata fra le braccia di un nullafacente il quale è ben felice di lasciarsi mantenere in cambio di qualche cosa che, agli occhi della donna, ha la parvenza dell'amore. Prima ancora di entrare in casa sa già che la madre non è ancora tornata.

Non può fare a meno di riflettere sulla sua famiglia – se così si può ancora definire – e paragonarla a quella dei suoi due amici, soprattutto a quella di Gianni, nella quale si riscontra una solidità affettiva che niente riuscirà mai a scalfire: liti, discussioni, diatribe, tutto alla fine si scioglie al calore del rispetto reciproco e soprattutto dell'amore reciproco.

Nella sua c'è soltanto il deserto. Questa situazione ha fatto sì che Bruno crescesse in un Sahara affettivo che, poco alla volta, ha prosciugato, inaridito i suoi sentimenti.

Gianni Bini è il più umile dei tre. La sua famiglia è di condizioni modeste e il denaro è rispettato con rigore, evitando gli sprechi.

Gianni, il più sensibile e più introverso dei tre amici, nasconde dietro a un'apparente allegria i suoi problemi, fatti di angosciose incertezze che risalgono a qualche anno addietro, all'epoca della nascente pubertà e che, con il passare degli anni, hanno rappresentato un peso sempre più gravoso.

Rientrato in casa, nonostante l'ora tarda, trova ad aspettarlo la madre che, vedendolo con gli abiti bagnati e sgualciti comincia a rimproverarlo a bassa voce per non svegliare il padre e la sorella.

"Ma cosa avete fatto tutto questo tempo? Guarda come hai ridotto il tuo vestito di lino. Con tutto quello che è costato! Ma dove sei stato per ridurti così? No no, aspetta: vieni un po' qua. Fammi sentire. TU PUZZI DI VINO! Sei ubriaco! Fammi il piacere: vatti a fare una doccia e va' subito a letto! SUBITO!" e, con il dito puntato, gli indica la porta del bagno.

La donna, dopo la sgridata, torna in camera e, senza accendere la luce, si infila sotto le lenzuola.

"Che cosa ha combinato il nostro figliolo?" le domanda il marito, Giuseppe, che si è svegliato nonostante i tentativi di Virginia di tenere la voce bassa.

"Vaglielo a chiedere tu cos'ha combinato, il TUO figliolo. È tutto bagnato come se fosse caduto in mare vestito" dice esagerando il tono "e..." prosegue.

"...e?" incalza il marito.

"...ed è ubriaco, ecco cos'è."

Il marito sorride, complice l'oscurità. "Virginia, nostro figlio sta crescendo" e nel formulare quella frase sente una sorta di orgoglio che quasi gli provoca un nodo in gola.

"E questo che significa, Giuseppe? Che se uno cresce deve per forza ubriacarsi?"

Poi, quasi meditando sulle parole del marito, esclama: "Forse hai ragione, Giusè. Dio mio, ci pensi? Lui sta crescendo e noi stiamo invecchiando. Gesù Santo!"

"Ma come ho fatto a trovare una donna saggia come te, eh? Me lo sai dire? Come ho fatto? Dormi, ora, dormi e sta' tranquilla. Nostro figlio è un gran figlio, non te ne sei mai accorta?" e così dicendo Giuseppe stringe la moglie fra le braccia e le dà un bacio sulla punta del naso.

Nella sua stanza, sdraiato sul letto, Gianni pensa con scoramento a quella che avrebbe dovuto essere la sua iniziazione al sesso.

Ripensa alla ragazza che si è dimostrata dolce fino a che non è riuscito a portare a termine la sua prova.

Ma l'amarezza maggiore gli proviene dal confronto con Bruno e Alex, nel ricordare il loro stato di euforia, che era quasi una specie di auto esaltazione. È per mascherare questo senso di frustrazione che aveva accettato con finto entusiasmo l'idea di andare al mare e poi di fare il bagno: al buio riusciva a unirsi con facilità alle grida degli amici. Al buio non potevano vedere l'espressione del suo viso.

Sdraiato con le braccia dietro al capo, guarda il soffitto, immerso nella propria amarezza. Possibile, pensa, possibile che non ci sia un rimedio che possa porre fine a quelle sue tentazioni, a quei pensieri? Possibile che non ci siano delle pillole, delle iniezioni? Possibile? Si parla molto di psicoanalisi, ma la considera un rimedio per ricchi. Figuriamoci se può presentarsi ai suoi genitori e dichiarare che ha bisogno di sedute psicoanalitiche. Sai che risate! Meglio dormirci sopra.

Il mattino seguente Alex riceve i complimenti del fratello il quale gli comunica che il padre desidera vederlo in fabbrica. Il signor Sistori accoglie il figlio con un abbraccio, rallegrandosi con lui per l'ottima votazione.

"Sarà bene che, dopo le meritate vacanze, tu intraprenda gli studi di giurisprudenza per poter seguire meglio, quando sarai laureato, l'andamento dell'azienda. L'Italia sembra avviata sulla via del benessere, le esportazioni aumentano e la qualità italiana comincia a imporsi. Il tuo futuro è assicurato, figliolo."

Alex si aspettava questo suggerimento che, velatamente, il padre gli aveva sempre dato, anche negli anni passati. Si può dire che sia cresciuto con la consapevolezza che, qualunque fosse stata la sua qualifica, sarebbe entrato nell'azienda paterna. Per quanto lo riguarda è perfettamente d'accordo con il padre e gli piace sapere che non ci sono ostacoli per il suo futuro.

Dopo un attimo di esitazione, confessa al padre che vorrebbe festeggiare, con i suoi amici di studio, la promozione e, se possibile, vorrebbe utilizzare la casa al mare. Il padre tace, indeciso, guardando il figlio negli occhi.

Alex insiste: "Dai, papà. Per favore. Si tratta soltanto di una festicciola fra amici. E poi, se non altro, facciamo prendere un po' d'aria a quella casa. Sta quasi sempre chiusa, non ci va mai nessuno, tranne in occasioni particolari. Non pensi che la mia licenza possa rappresentare degnamente una di queste occasioni?"

Il padre guarda ancora per un po' il figlio; poi, approvando, gli parla chiaramente: "Va bene. Vada per la festicciola fra amici. Oramai sei grande e non c'è niente, di quanto io posso suggerirti, che tu non sappia già. Soltanto voglio che tu tenga bene in mente una cosa sulla quale sono ca-te-go-ri-co: niente alcolici! Intesi? Non farmi pentire di avere avuto fiducia in te."

"Papà, puoi stare tranquillo. Gli alcolici puoi farli mettere sotto chiave. Però un brindisi con lo champagne per festeggiare la promozione ce lo consenti, vero?"

"Va bene, vada per il brindisi con lo champagne. Però SOLO quello!"


Quando Bruno si alza, si accorge di essere solo in casa. Non c'è neppure Agnese, la donna delle pulizie, che pensa anche al mangiare. Difatti in cucina trova un tegame con del sugo e un altro con dell'arrosto. C'è anche una pentola con dell'acqua, nel caso volessero fare della pasta. La madre gli ha lasciato un biglietto affettuoso scusandosi per non avere aspettato che si svegliasse per congratularsi personalmente per la sua promozione, ma aveva un appuntamento con l'estetista. Che ne direbbe di vedersi a pranzo?

*'Non è possibile'*, pensa. *'NON È POSSIBILE!'* Neppure un'occasione come quella del figlio che ha conseguito il diploma liceale con un'ottima media la trattiene dall'andarsi… non riesce a usare l'espressione volgare, ma è un fatto che l'ha pensata. E l'ha pensata sulla base degli avvenimenti con i quali si scontra tutti i giorni.

Quanti soldi ha già sborsato per mantenere l'amichetto?

No, non è più una situazione sostenibile, pensa amareggiato. La loro non è mai stata una famiglia, ma ora non è più nemmeno una convivenza. A mala pena lui e la madre si incontrano in casa, e lei è così presa dai suoi intrighi che non gli rivolge più neppure quelle domande che dovrebbero essere normali fra madre e figlio: *'Dove sei stato? Cos'hai fatto? Come mai così tardi?'*

D'altra parte, seguita a pensare Bruno, se sua madre evita queste domande è perché sa benissimo che sono le stesse che il figlio potrebbe rivolgere a lei, e, temendole, evita di fargliele.


Gianni entra in cucina, assonnato e con un grosso mal di testa. La madre lo guarda fra il tenero e l'arrabbiato per la notte brava trascorsa. Vorrebbe ricominciare con i rimproveri, ma ricorda il discorso tenuto con il marito la notte precedente: *'Nostro figlio è un gran figlio.'*

È già andata a portare il vestito di lino in tintoria e le hanno promesso di consegnarglielo il giorno dopo. Il padre è già uscito per il lavoro - è capocantiere presso un'impresa di costruzioni - e la sorella, Nicoletta, di tre anni più giovane, e già in vacanza; appena entrata in cucina si lancia contro il fratello fino a farlo barcollare, riempiendolo di baci, non per il fatto di avere conquistato meritatamente la maturità, ma perché fa sempre così quasi tutte le mattine. "Dio, quant'è bello il fratellotto mio!" gli urla pizzicandogli le gote fino a farlo gridare dal dolore.

"Ahiooo! Piantala, scema!"

Poi la ragazza chiede a Virginia se può andare in spiaggia con alcune amiche.

"Non ti sembra che avresti dovuto chiederlo a tuo padre ieri sera?" la rimprovera la madre.

"Dai, mamma. Vado con Gianna e Tina. Saremo di ritorno prima dell'una. Te lo prometto."

Gianni interviene in favore della sorella. "Su, mamma, sta' tranquilla. Vado anch'io con loro e le terrò d'occhio come un cane da guardia. Fidati."

"Ah, beh, se ci vai anche tu allora sto tranquilla. Ti metto nella borsa anche un fiasco di Chianti nel caso sentissi sete?"

"Su, mamma, è stata una bravata. Lo sai che non si ripeterà più" e, dopo un istante di esitazione, "almeno spero" aggiunge.

Fa appena in tempo a sottrarsi agilmente alla cucchiaiata di legno che la madre gli vuole appioppare.

Poi la circuisce saltellandole attorno al suono di *'Guaglione'* e, sollevatala da terra, accenna, sullo stesso motivo trasmesso dalla radio, a dei passi di danza.

"Mettimi giù" grida la madre. "Mettimi giù o ti arriva un'altra cucchiaiata!"

Il tono vuole essere severo, ma il sorriso la smentisce. Il giovane mette in terra la madre e le schiocca un sonoro bacio sulla gota.

"Telefono ad Alex e a Bruno per sentire se ci raggiungono al mare."

Alex è in fabbrica dal padre e ne avrà per un bel po'. Bruno accetta volentieri e si offre di portare panini e frutta.

"No, Bruno; semmai porta qualche bibita. Al mangiare ci ha già pensato mia madre."

Arrivati alla spiaggia, Gianni affitta un pattino e porta la sorella con le due amiche al largo. Le ragazze sono al settimo cielo. Parlano dei personaggi della cronaca, dalle nozze di Grace Kelly con Ranieri di Monaco fino alla *fustaggine* di Rock Hudson.

"Te lo ricordi in *La Magnifica Ossessione*? Che bello che era" osserva Nicoletta.

"È molto meglio James Dean" obietta Gianna.

"Sì, molto meglio. Hai visto cos'era in *Gioventù Bruciata*?" concorda Tina.

"Gianni" chiede Nicoletta "per te chi è meglio: Rock Hudson o James Dean?"

Gianni ignora la domanda, posa i remi, avvinghia la sorella per la vita e si gettano in acqua. Nuotano, si rituffano, ridono, si divertono.

Ritornati a terra, Tina rivela a Gianna la sua ammirazione per Gianni.

"Quant'è carino" sospira. "Chissà se col tempo…"

"Sì, quello guarda proprio te. Ma ti sei vista le tette?" risponde l'amica in tono tutt'altro che incoraggiante, mentre le passa crudelmente una rivista con Marilyn Monroe in copertina.

Tina dà un'occhiata alla diva e una, sconsolata, al proprio reggiseno, appena appena riempito da due minuscole protuberanze. Tira un lungo sospiro e va a trovare conforto in un panino al formaggio e prosciutto.

Nel frattempo è arrivato Bruno, che si è portato dietro bibite di ogni tipo, contenute in un bauletto-frigo, un'autentica rarità.


Alex ha parlato a lungo, a proposito del suo futuro nell'azienda di famiglia, con il padre, il quale è felice di non avere trovato ostacoli da parte del figlio.

"Adesso va' a raggiungere i tuoi amici e divertiti, però, prima che tu te ne vada, voglio farti vedere un'altra cosa."

Lo conduce nel piazzale adibito a parcheggio. Lì lo attende un'Alfa Romeo sportiva quale regalo per l'ottimo esito degli studi. Alex è genuinamente sorpreso.

"Caspita, papà, è... è fantastica, è... non so. È una bomba! È arrivata giusto in tempo per inaugurare la patente. Grazie, papà" e, commosso, abbraccia il padre con affettuosa gratitudine.

Poi salta sull'auto, ansioso di raggiungere gli amici. Il signor Sistori, fermo in mezzo al piazzale, guarda con orgoglio il figlio sfrecciare via.

Giunto in centro, passa a casa di Bruno, suona il campanello ma, dopo avere atteso un po', capisce che non c'è nessuno in casa. Passa allora da Gianni. La madre gli dice che il figlio è andato al mare con la sorella. Vorrebbe trattenere il ragazzo per parlargli della nottata precedente, ma Alex non gliene lascia il tempo. Saluta la signora Virginia con un bacio sulla gota e salta in macchina.

Si ferma sul lungomare, in prossimità del tratto di spiaggia generalmente frequentato da loro tre. Scorge subito Nicoletta e, più in là, Gianni e Bruno. Si sfila i mocassini, si arrotola i pantaloni fino ai polpacci e si avvia incontro agli amici.

"Voglio farvi vedere una cosa. Venite con me."

I due ragazzi lo seguono incuriositi e, quando Alex si ferma di fianco all'Alfa Romeo, rimangono a bocca aperta.

"Fantastica!" dice uno.

"Stupenda!" fa seguito l'altro.

"Forza, salite. Andiamo a farci un giro."

"Non posso" dice con rammarico Gianni. "Oggi devo fare la baby sitter. Ma tanto non sfuggi, sta' tranquillo."

Bruno invece accetta con entusiasmo.

Stanno fuori una buona mezz'ora. Al ritorno dal giro concordano di festeggiare quanto prima le loro promozioni nella casa al mare di Alex, quasi sempre disabitata, e che sta a qualche chilometro più a sud, fuori dalla cittadina. Mentre discutono sui preparativi, vengono raggiunti da alcune amiche, che vengono messe al corrente della festa. Queste esultano all'idea di potersi divertire senza sentirsi oppresse dalla presenza di qualcuno della famiglia che vigila dalla stanza accanto.

Rallegrate da questa bellissima notizia, si uniscono al gruppo formato da Gianni, Bruno, Nicoletta, Tina e Gianna.

Alex, per il momento, preferisce godersi la macchina.


Bruno, con una scusa, si allontana dalla compagnia, che con l'arrivo delle altre ragazze si è fatta chiassosa, e si avvia lungo il bagnasciuga, concentrato nei suoi problemi.

Ha appena percorso pochi metri che sente una vocina che lo chiama. Si volta e vede Tina, l'amica di Nicoletta, che sta correndo per raggiungerlo.

"Ti dispiace se ti faccio compagnia?"

"Figurati. Anzi, mi fa piacere."

Non è esattamente la verità, ma non se la sente di mortificare una ragazzina che forse non ha ancora compiuto quattordici anni. Camminano un po' in silenzio, poi Tina si rivolge di nuovo al giovane.
"Ti posso fare una domanda?"
"Certo. Di che cosa si tratta?"
"Come ci si accorge di essere innamorati?"
A Bruno viene quasi da sorridere: ha scelto proprio la persona adatta, la poverina.
Cerca di apparire maturo e saggio nel risponderle.
"Può accadere in mille modi e quando meno te lo aspetti. Ma penso che quando capita uno non possa fare a meno di accorgersene."
"Perché pensa sempre a quella persona?"
"Sì, questo può essere un segnale, anche se si può pensare costantemente a una persona senza esserne necessariamente innamorati. Pensi di essere innamorata di qualcuno?"
"Credo proprio di sì."
"Qualcuno che conosco anch'io?" Bruno si fa sempre più curioso.
"Sì, tu lo conosci bene."
"Beh, il più bello di tutti noi è indubbiamente Alex."
"No, non si tratta di Alex" esita alcuni secondi, poi confessa. "È Gianni."
"E lui lo sa?"
"No, non gliel'ho mai detto, però faccio sempre di tutto perché se ne accorga, ma lui niente. Neanche mi vede."
Seguitano a passeggiare sul bagnasciuga, fianco a fianco, in silenzio.
Poi all'improvviso: "Bruno, tu mi trovi carina?"
Il giovane comincia a sentire qualcosa di molto simile alla tenerezza per quella ragazzina.
"Certo che lo sei, Tina. Tu sei molto carina, ma forse Gianni non si accorge di te perché sei ancora troppo piccola per lui. Tu sei l'amica della sorella, capisci? E questo è l'unico ruolo in cui ti conosce. Non disperare. Sei giovane e fra qualche anno ne incontrerai a centinaia di ragazzi che ti piaceranno e che ti corteggeranno, e allora ricorderai questo momento come una breve cotta estiva."
Tina lo guarda con occhi tristi, poco convinta. Poi di colpo gli chiede: "Hai visto Guendalina?"
"No. Chi è, una tua amica?"
Tina scoppia in un'allegra risata.

"Ma no, è un film. Guendalina è Jacqueline Sassard, e il suo amico, che nel film si chiama Oberdan, è Raf Mattioli. Li conosci?"

"No, temo proprio di no."

"Beh, non importa. Veramente il film non è ancora uscito, però li ho visti tutti e due, un giorno che ero a Forte dei Marmi, mentre giravano alcune scene del film. Era solo per dirti che lui, Oberdan, cioè Raf Mattioli, è identico a Gianni."

Bruno pensa che con la sua *lezione di vita* ha soltanto preso in giro la ragazzina. Che ne sa lui dell'amore? È consentito alle persone *come lui* di innamorarsi?

Continuano la passeggiata, ma Bruno non ascolta più i discorsi di Tina, che variano da Gianni a Raf Mattioli e da questi a Gianni. La sua attenzione è rivolta verso un uomo che cammina alla loro volta.

Lo conoscono entrambi: è lo zio di uno dei ragazzi della comitiva, e sia in città che al mare abita vicino ad Alex. È un uomo di mezz'età e si chiama Corrado.

Bruno sa già, per esperienza, cosa aspettarsi da lui. Si salutano tutti e tre con cordialità stringendosi la mano. Il ragazzo capisce il messaggio dell'uomo quando questi dice: "È gradevole camminare sul bagnasciuga. Io lo faccio tutte le mattine per un paio d'ore. Avanti e indietro."

"Sì, penso che sia molto gradevole, oltre che salutare" concorda Bruno. "Penso che lo farò anch'io tra un po'. Bene, Corrado, piacere di averti rivisto. Noi torniamo indietro."

Detto ciò, si affretta a riaccompagnare Tina dalle sue amiche. Poi, con una scusa ritorna sui suoi passi.

Sa che Corrado lo sta aspettando.


Si erano conosciuti in città a una riunione di amici nel giardino della casa di Alex. Bruno si era trovato a parlare di arte con lui e aveva notato che avevano molti gusti in comune. Il ragazzo aveva manifestato la sua ammirazione per Morandi, e Corrado gli aveva rivelato di avere acquistato due quadri di questo pittore, che anche lui apprezzava moltissimo. Se lo avesse desiderato, sarebbe stato lieto di mostrarglieli.

Bruno era giovane, inesperto, ma tutt'altro che stupido.

Accettò l'invito e, dopo che se ne erano andati tutti, finse di tornarsene a casa, ma in realtà si diresse verso la villa di Corrado, che lo attendeva sulla soglia.

Quando lasciò la casa dell'uomo si sentì come se nulla fosse successo. Sapeva che prima o poi, con Corrado o con altri, avrebbe ceduto a questi suoi desideri nascosti. Aspettava solo l'occasione adatta. Si immaginava qualche cosa di più coinvolgente, invece l'esperienza lo aveva lasciato totalmente indifferente. Non c'era stata da parte sua nessuna partecipazione emotiva. Ma forse è così che deve essere: tutto deve iniziare e concludersi nei semplici atti che conducono all'orgasmo. Niente di più.

"Torna a trovarmi" lo salutò Corrado.

Senza voltarsi, Bruno fece un cenno con la testa per fargli comprendere che aveva udito l'invito. Quella fu la prima di numerose altre volte con Corrado, oltre che la prima volta per Bruno.

Con il tempo si rende conto che ciò che lo induce a frequentare l'uomo non è tanto il desiderio di fare del sesso fine a se stesso, bensì quello di esercitare su di lui una forma di potere che si è accorto di possedere e che all'uomo piace.

Naturalmente la loro è una relazione che vive solo nelle ore serali, se non notturne, e che, comunque - e lo sanno entrambi - non potrà mai assumere la connotazione di qualche cosa di più importante, considerando anche il rischio che Corrado correva agli inizi del loro rapporto, quando il ragazzo era ancora minorenne.

Quando Bruno rientra dopo questi incontri clandestini, generalmente verso l'una di notte, e si accorge che la madre non è ancora rincasata, sente un'ira sorda invaderlo: sente di odiarla, vorrebbe farla soffrire, vorrebbe ucciderla.

La immagina nelle braccia dell'amante e questo pensiero lo fa impazzire.

Mano a mano che l'ira cresce, i pensieri assumono forme di punizioni sempre più crudeli, accompagnate da insulti sempre più umilianti per la donna.

Una sera, di fronte all'ennesima delusione, avverte questa forma di vendetta farsi più acuta.

Immagina di attendere il rientro della madre e di assalirla picchiandola e insultandola.

Immagina di strapparle le vesti, apostrofandola con i termini più offensivi, fino a lasciarla nuda, piangente, mentre lei tenta disperatamente di coprirsi con i brandelli degli abiti.

Immagina di colpirla ancora fino a che la donna non si accascia in terra.

A quel punto immagina ancora di chinarsi su di lei e di usarle violenza.

Rimane di colpo impietrito da questo pensiero. Sente che la testa è in fiamme, sente la fronte come se stesse per spaccarsi sotto i colpi violenti di un maglio. Il dolore è lancinante; cerca di farlo cessare prendendo un antidolorifico e percorrendo la casa avanti e indietro, con le mani premute sulle tempie. Respinge l'idea di coricarsi. Ha bisogno di muoversi. Dopo parecchi minuti il dolore comincia a scemare per cedere il posto a una specie di stordimento.

Esce di casa e, correndo, raggiunge la villa di Corrado, che aveva lasciato forse neppure un'ora prima. Si attacca al campanello fino a che l'uomo non gli apre.

“Bruno, cos'è successo?” gli chiede preoccupato l'uomo. “Sembri stravolto. Entra.”

Il ragazzo non dice una parola. Appena entrato, bacia Corrado con furore sulle labbra, lo spinge in camera e lì sfoga il suo rancore represso con una aggressività di cui forse lui stesso non si rende conto.

Quando si riveste, Corrado gli parla in modo calmo ma deciso.

“Non mi è piaciuto il tuo modo di fare, Bruno. Mi hai spaventato e questo mi piace ancora meno. Se è così che intendi comportarti in futuro, sarà bene che tu non ti faccia più vedere. Forse hai dei problemi da risolvere, ma non è scaricandoli su di me che puoi pensare di farlo. Ora tornatene a casa e fatti un bel sonno. Ne riparleremo.”

Il pensiero di aver potuto usare violenza alla madre non abbandona il ragazzo e lascia una traccia talmente profonda nella sua mente che, se prima si vedevano di rado, ora, volontariamente, Bruno cerca di evitare del tutto la donna.

Non vede Corrado per diversi giorni, fintanto che l'uomo lo chiama al telefono, chiedendogli di vedersi il giorno dopo in spiaggia, durante la sua passeggiata lungo il bagnasciuga.

Gianni sta seduto a gambe incrociate sulla sabbia, cercando, dentro la borsa, qualcosa di suo gusto da mangiare. Una ragazza del gruppo, Francesca, seduta accanto a lui, lo guarda con occhi adoranti, mentre lui, imbarazzatissimo, non sapendo cosa dire, addenta con voracità una pesca presa a casaccio.

"Ti tratterrai molto nella villa di Alex?" domanda lei guardandolo sempre fisso negli occhi.

"Giusto il tempo della festa, poi ritorniamo tutti a casa."

"Che ci torni a fare qui in città. Questa non è una città. È una tomba: d'estate perché si muore di caldo, d'inverno perché fa troppo freddo per uscire."

"No, non è vero che è una tomba" replica Gianni, che ama molto la sua città. "Questa è una cittadina tranquilla con degli interessanti reperti storici e, sebbene sia piccola, dispone di un bel centro sportivo con una piscina, sfruttabile anche d'inverno. Non tutte le cittadine di queste dimensioni possono dire la stessa cosa."

"Boh, contento tu" commenta Francesca. "Qualche viaggio in vista?"

"No, devo riordinare le mie idee per quanto riguarda l'università e poi, a settembre, dovrò recarmi a Roma per le iscrizioni, nel caso decidessi per la facoltà di Architettura."

"Architetto?" domanda stupita la ragazza. Lo scruta, facendo scorrere di proposito lo sguardo su tutta la figura del giovane, quindi dice: "Sì, ti ci vedo. I capelli un po' brizzolati, la pipa, la camicia blu oltremare e un foulard di seta. Ti sta molto bene il blu."

"Beh, sei andata avanti per lo meno di vent'anni, per il modo in cui mi hai descritto" osserva Gianni sorridendo. Francesca tace. Avvicina il suo volto a quello di lui e preme le sue labbra socchiuse su quelle del ragazzo.

"Hai un buon sapore di pesca" gli dice raccogliendo con la lingua le tracce di succo lasciate dal frutto, mentre fa scorrere un dito sul torace soffermandosi sui capezzoli. Quindi la mano scende ad accarezzargli la coscia. Gianni si sente terribilmente a disagio: il suo volto è in fiamme.

"Dai, non qui. C'è un sacco di gente."

"Dimmi tu dove" replica la ragazza senza staccare le labbra da quelle di Gianni.

Il ragazzo tace a lungo, imbarazzato. Francesca si stacca da lui e lo guarda gelida, poi si alza di scatto e corre verso il mare.

Gianni non sa come comportarsi: non sa se seguirla o rimanere seduto sulla sabbia, fingendo indifferenza. Decide per la prima soluzione. Raggiunge, con rapide bracciate, Francesca e le chiede che cosa le sia preso. Lei lo guarda con occhi che sono un misto di rancore e delusione. Poi, senza rispondergli, ritorna a riva.

Gianni si chiede che cosa le sia successo, ma in realtà lo sa fin troppo bene. Si è comportato come un pezzo di legno. L'esperienza fatta in Via Dei Due Leoni non gli è servita a niente.

Ricorda esattamente le parole della prostituta, dopo il rapporto. *"Sei un bel ragazzo, faresti girare la testa a qualsiasi ragazza, ma penso che tu abbia qualche problema. Non parlo del tempo che ci è voluto per farti venire. Questo può capitare, quando è la prima volta. Secondo me il tuo problema è un altro: tu non senti la donna".*

*'Tu non senti la donna'* Quella frase gli si è impressa a caratteri di fuoco nella mente e probabilmente, pensa, gli condizionerà tutta la vita. Cerca di analizzarne ogni singola parola per afferrarne il significato vero, ma si accorge che c'è poco da analizzare: la frase è di una semplicità elementare nella sua impietosa realtà. Il problema è che non sa come accettarla questa sua realtà.

Mancano pochi giorni alla festa e sicuramente lì avrà l'occasione di rivedere Francesca e chiarire. Poi si chiede: 'Ma è proprio necessario chiarire con Francesca? Non le devo nessuna spiegazione; semmai posso scusarmi per averla involontariamente offesa, ma non vedo perché debba *chiarire* proprio con lei. Non mi sembra proprio la persona adatta a raccogliere confidenze di *quel* tipo. Semmai posso tentare di riallacciare un rapporto cordiale, visto che entrambi facciamo parte del medesimo gruppo, ma non credo proprio di doverle molto di più.'

Ripensa all'imbarazzo provato in spiaggia di fronte alle *avances* della ragazza.

Gli era sembrato chiaro che non aveva posto limiti ed era disposta a fare qualunque cosa lui le avesse proposto. Era comprensibile che poi fosse rimasta male di fronte alle sue reticenze. Ciò che turbava Gianni era il pensiero, il sospetto che avesse potuto intuire. Ecco perché voleva parlare con la ragazza: per cercare di capire quanto avesse intuito di lui e comportarsi di conseguenza. Di conseguenza? Che significa *di conseguenza*? Che in questo caso le avrebbe confidato tutto di sé, dei suoi turbamenti? A lei? A Francesca? Ma se neppure la conosceva. No, la cosa migliore era quella di tentare semplicemente un riavvicinamento, quel tanto da non costringerli a fingere di non conoscersi ogni volta che si fossero incontrati in pubblico. Niente di più. Sì, pensa, è la cosa migliore, la più plausibile da fare.

Tornato a casa, i pensieri di Gianni vengono distratti dal piccolo dramma che si sta svolgendo fra la madre e la sorella. L'oggetto della disputa è la festa che darà Alex.

Anche se sono entrambi i genitori a opporsi fermamente a che Nicoletta vi partecipi, il compito di affrontare lo scontro, inevitabile, è affidato a Virginia.

"Ma figuriamoci un po' se ti mando a una festa con tutta gente più grande di te. E poi farti dormire là. Non se ne parla proprio."

"Ma c'è Gianni. C'è lui che baderà a me" piagnucola Nicoletta.

Gianni, che ha assistito alla discussione in silenzio dalla soglia, insorge: "Già, adesso sta a vedere che mi metto a fare la baby sitter a tempo pieno a mia sorella."

"Sei cattivo! Sei perfido!" urla piangendo Nicoletta rivolta al fratello.

"Nicoletta!" la richiama in modo fermo la madre. La ragazza seguita a piangere ignorandola.

"NICOLETTA!" la ammonisce in modo più deciso. La giovane si avvicina.

"Nicoletta, ascoltami bene e guardami bene negli occhi. Ci sei?"

"Sì" piagnucola ancora la ragazza.

"Molto bene. La risposta è sempre NO! Capito? NO! E qui si chiude la questione. Sono stata chiara?"

Mentre la ragazza si chiude disperata nella sua camera, Gianni tira un sospiro di sollievo. Per un attimo aveva temuto che la madre avrebbe ceduto di fronte alla delusione della figlia.

Gianni pensa a che cosa farà ora che ha terminato il liceo. Il suo sogno sarebbe quello di iscriversi alla facoltà di architettura, però si rende anche conto di quale carico economico costituirebbe per la famiglia, tanto più che c'è anche la rata del furgoncino appena comperato, necessario al padre per il suo lavoro.

Forse il signor Giuseppe potrebbe trovargli un lavoretto in cantiere, tanto per permettergli di contribuire alle spese.

Non sa come affrontare il discorso con i suoi, però sa anche che, se non sarà lui, saranno loro stessi a chiedergli, prima o poi, quali siano i suoi piani.

Per il momento vuole pensare soltanto alle vacanze, anche se, alla luce dei fatti recenti, si prospettano alquanto lontane dall'essere serene. A rasserenarlo un po' contribuisce invece la consegna del vestito di lino da parte della tintoria.

Finalmente si parte per la villa. Bruno e Gianni caricano i loro bagagli, contenenti i cambi di abito e la biancheria, sulla vettura di Alex.

Il signor Sistori ha voluto che fossero preceduti da un domestico *'perché si occupi dei preparativi'* ma in realtà perché controlli che non si faccia uso di alcolici, che, peraltro, dovranno limitarsi solo allo champagne, servito al momento del brindisi celebrativo.

Arrivati a destinazione, Alex dà a Giorgio, il domestico, che li attendeva all'ingresso, le disposizioni per la festa e lo informa che c'è anche da preparare la camera dove alloggeranno il *signor* Gianni e il *signor* Bruno.

Poi, senza neppure disfare i bagagli, i tre amici si infilano i costumi e si precipitano al mare.

Pur diversi l'uno dall'altro, sembrano, a osservare i loro corpi seminudi, il simbolo di una gioventù bella e sana.

Alex porta impressa sul viso l'espressione di chi, da sempre, è abituato a una vita comoda, ignara di privazioni. In lui non c'è niente che non contribuisca a renderlo affascinante: la luminosità del suo sorriso, il suo bel volto abbronzato da una vita all'aria aperta, il corpo atletico, i suoi occhi azzurri che esprimono già, alla sua età, una maturità acquisita durante i suoi pochi anni di vita.

Bruno ha il fascino un po' nevrotico alla James Dean, attore ancora ai primi posti, nonostante la morte prematura, e idolo delle ragazze. La situazione familiare nella quale vive da sempre ha fatto di lui una persona dal carattere schivo, chiuso, che, con il tempo, gli ha reso difficile il rapporto con gli altri. Alex e Gianni sono le uniche persone che frequenta. Nella sua vita non ci sono altri amici né autentiche amicizie femminili.

Se ne sta spesso appartato e, sovente, anche durante le feste alle quali è invitato, scompare per andarsi a isolare in qualche angolo nascosto di un terrazzo o di un giardino, purché lontano dalla gente. È un ragazzo di poche parole che preferisce leccarsi le proprie ferite lontano dagli altri.

Gianni riesce a dominare meglio i suoi problemi, forse grazie al clima familiare che gli garantisce una certa serenità d'animo. È aiutato molto anche dal nuoto, sport che ama visceralmente al punto che lo pratica quasi tutte le sere nella piscina comunale, gratuita per gli studenti, con un istruttore messo a loro disposizione. Questo costante esercizio, che pratica da quando aveva quattordici anni, gli ha consentito di sviluppare un corpo atletico, adulto, che contrasta piacevolmente con un viso decisamente gradevole, dallo sguardo ancora innocente. L'istruttore, Ettore, che ha intuito le potenzialità del ragazzo e che pertanto lo segue con particolare attenzione, non cessa di consigliargli di dedicarsi al nuoto agonistico in modo da essere inserito in qualche gara regionale per poter poi arrivare ai campionati nazionali. Possiede tutti i numeri per farcela. Ma il sogno di Gianni è un altro: vuole diventare un architetto a tempo pieno.

Alex ha radunato sulla spiaggia alcune amiche e amici che hanno le ville vicino alla sua.

Le ragazze sono attraenti, simpatiche, un po' viziate, abituate a chiedere e a ottenere. A volte a ottenere senza chiedere. I ragazzi sono tutti ben pasciuti con quel tanto di atletico che li rende piacenti. Hanno tutti qualche anno più di Alex e da tempo posseggono l'auto personale che li sta, poco a poco, allontanando dallo sport. Una volta la settimana si organizzano per sfidarsi in qualche partita a tennis, più che altro per il gusto, un po' snob, di frequentare il circolo al quale sono iscritti. Bruno, che non risparmia battute caustiche quando c'è qualcosa o qualcuno che non gli piace, dice di loro: "Sono i classici sportivi della domenica: tuta, racchetta e pancetta" lapidario come sempre.

Dopo lo scambio di saluti con tutti, Alex ha subito agganciato Daniela, che è da qualche tempo la sua fidanzata ufficiosa, se non ufficiale. Senza parlare, la prende per mano e la conduce in casa, attraversando la pineta. Entrati, Alex avverte l'agitazione della ragazza e la bacia per tranquillizzarla. Poi, sempre tenendola per mano, la conduce al piano di sopra, nella sua camera, chiudendo la porta a chiave.

Si accosta alla ragazza quel tanto necessario per farle sentire l'erezione, le slaccia il reggiseno e le sfila le mutandine. La fa adagiare sul letto e, in piedi di fronte a lei, si toglie il costume. La ragazza lo guarda sorridendo e gli tende la mano.

Alex la prende e le si stende delicatamente sopra baciandola intensamente. Poi scivola con le labbra sempre più in basso fino a raggiungere la fessura vellutata. Con le dita ne scosta delicatamente i lembi e vi inserisce la lingua. La ragazza comincia a gemere per il piacere. A quel punto Alex risale con tutto il corpo per baciarla ancora, mentre, con la massima dolcezza, introduce il suo pene nell'apertura, spingendo delicatamente, ma con fermezza. La ragazza emette un piccolo grido soffocato e Alex comprende di averla posseduta. Si ferma per darle modo di superare il dolore ma è Daniela stessa che, con piccoli movimenti del bacino, lo induce a proseguire.

Quando scendono per tornare sulla spiaggia, sono passate diverse ore. Alex si affaccia sulla soglia della cucina e chiama il domestico. Giorgio si avvicina e attende: "Giorgio, per favore, dia un'occhiata in camera mia per controllare se le lenzuola sono da cambiare. Grazie."

Gianni, se in un certo modo ha trovato la soluzione su come comportarsi con Francesca, è sempre più angosciato verso se stesso, per i suoi dubbi, i suoi problemi, le sue incertezze.

Sente il bisogno di sfogarsi, di aprirsi con qualcuno, qualcuno che lo comprenda o semplicemente qualcuno che lo stia ad ascoltare. Semplicemente, ma chi? Forse Bruno.

Bruno è senza dubbio un ragazzo molto intelligente e probabilmente dotato di una certa sensibilità, ma basta questo a fare di lui la persona più adatta a raccogliere le sue confidenze, *quelle confidenze*? È in grado di capire il suo problema? Ricorda con quale entusiasmo e allegria Alex e Bruno avevano affrontato l'esito della loro esperienza al casino, quell'allegria che marcava la differenza fra lui e i suoi amici. Lui si era unito a loro due mascherando il proprio disagio, ma da allora non era stato più bene.

Pensa con angoscia all'eventualità, niente affatto remota, che possa ripresentarsi, in futuro, un'altra occasione per ripetere l'esperienza. Se la sentirebbe di rifarla?

Che cosa penserebbero i suoi amici nel caso di un rifiuto da parte sua? Che cosa potrebbe inventare come scusa? Ora si trova nella necessità di doversi confidare apertamente, di scaricare quel macigno che si porta dietro da quando ha capito che il suo modo di essere rappresenta un problema con il quale dovrà abituarsi a convivere. Sente il bisogno di vedere l'amico e tentare di capire, osservandolo attentamente nel suo modo consueto di comportarsi, come è realmente dentro: se è in grado di comprendere, di accettare.

È turbato, imbarazzato ma soprattutto avvilito. Spera che la sera, alla festa, tutto possa essere chiarito, in un modo o nell'altro.

Le ombre cominciano ad allungarsi sulla spiaggia. I ragazzi si preparano a rincasare.

Alex, dopo essersi assentato per tutta la giornata con la sua Daniela, fa la sua apparizione strettamente abbracciato alla ragazza. Ha nello sguardo lo stesso luccichio di quando era uscito dal casino. Anche Daniela ha una luce particolare negli occhi. Gianni capisce cosa è accaduto fra loro due. Prova una sensazione di invidia ma ancor più di ammirazione per l'amico. Lo guarda e Alex ricambia lo sguardo sorridendogli e strizzando un occhio in segno di complicità.

La festa è in pieno sviluppo: coppie che ballano, gruppetti di giovani appena diplomati che parlano fumando, cercando di essere disinvolti, le loro prime sigarette, e veterani che le sigarette le fumano da un bel po' e che parlano con saccenteria di congiuntura, di Poznan, dei rapporti fra l'Iran e USA e di fermenti in Ungheria. Alex passa da un gruppo all'altro, fermandosi a scambiare due parole con tutti e sempre con il sorriso smagliante per chiunque. Un perfetto padrone di casa. Daniela non si stacca un minuto dal suo braccio e Alex finge di non esserne infastidito.

Gianni cerca Francesca per invitarla a ballare, ma si blocca quando qualcuno mette il disco di Bill Haley *Rock Around The Clock*.

No, il *rock and roll* non gli consentirebbe di parlarle. Aspetta un lento che arriva sotto forma di *The Magic Touch* cantata dai Platters. Sì, quello va decisamente meglio.

Si avvicina a Francesca e la invita a ballare, esibendo il suo sorriso più accattivante.

Francesca accetta, ma durante il ballo non dice una parola, fingendosi distratta e guardandosi intorno come se fosse alla ricerca di qualcuno. Gianni trova difficile affrontare il discorso e cerca di essere disinvolto, sperando di dire qualcosa di spigliato, di brillante.

"Amici come prima?" fa. La risposta di Francesca lo gela: "Considerando che non lo siamo mai stati, per me va bene" e, alla fine della canzone, si scioglie dal suo abbraccio e si allontana senza degnarlo di uno sguardo.

Gianni rimane fermo in mezzo alla sala come una statua di sale, poi si guarda intorno alla ricerca di Bruno.

Gli sembra di vederlo uscire dalla vetrata che dà sul giardino.

Lo segue ma, giunto in cima alla scalinata esterna, non lo vede più. Si guarda attorno e, un po'in disparte, dove la vegetazione è meno illuminata, lo scorge di nuovo.

Fa l'atto di scendere i primi gradini, ma si ferma di colpo: da dietro gli alberi sbuca una figura maschile che va incontro all'amico. I due stanno fermi l'uno di fronte all'altro; poi, insieme, allacciati per la vita, si inoltrano là dove il buio è più denso.

Gianni è come paralizzato. Dunque Bruno è... così? Anche lui? La sua mente rifiuta di formulare la parola che, inequivocabile, gli viene in mente.

Non se ne era mai accorto. Nessuno di loro se ne era mai accorto.

Ripensa ancora una volta alla loro uscita dal villino di Via Dei Due Leoni e rivede un Bruno allegro, soddisfatto, perfettamente in sintonia con lo stato euforico di Alex.

*'Forse mi sono sbagliato'* pensa, *'forse ho frainteso'*. Ma no. Impossibile. Rivede le due figure allontanarsi nel folto della vegetazione. Ma da quanto tempo è così? E chi è la persona con la quale si è appartato? Gli era sembrato un adulto, ma a quella distanza e con quella poca luce potrebbe anche essersi sbagliato.

L'atteggiamento fra i due rivelava inequivocabilmente una conoscenza di vecchia data; forse erano già stati insieme. Si sorprende ad ammirare il coraggio dell'amico, quel coraggio che invece a lui manca, che impedisce a quel peso di farsi meno gravoso.

Oramai non ha più dubbi su se stesso, anche se trova ancora difficile accettarsi; ma soprattutto come potrebbe farsi accettare dagli altri, dai suoi familiari? Si chiede quando uscirà mai da questo incubo, se mai ne uscirà.

Rientra mestamente nel salone e, senza salutare nessuno, sale al piano superiore dove c'è la camera da letto. Gli è scoppiato un terribile mal di testa.

Entra nel bagno per farsi la doccia e poi, a malapena asciugatosi, si getta sul letto così com'è, lasciando la luce accesa. Chiude gli occhi e tenta disperatamente di prendere sonno.

Quando a tarda notte Bruno rientra, Gianni è ancora sveglio, ma finge di dormire. Non se la sente di parlargli.

Sente l'acqua della doccia scorrere e, dopo alcuni minuti, comprende che l'amico si è coricato sul letto accanto, dopo aver spento la luce.

Cambia posizione volgendosi verso il letto di Bruno. Apre appena gli occhi e si accorge, nella penombra, che anche l'amico si è gettato nudo sopra le lenzuola. Afferra istintivamente un lembo del suo lenzuolo in modo da coprirsi.

"Non riesci a dormire?" La voce di Bruno lo coglie di sorpresa.

"Ho dormito a tratti. Ho un gran mal di testa."

"Mi dispiace se ti ho svegliato. Ho cercato di fare il più piano possibile."

"No, non mi hai svegliato. Te l'ho detto: ho mal di testa."

Bruno accende la luce, si alza e va a rovistare nel suo necessaire da viaggio. Si avvicina a Gianni e gli porge una pillola: "Aspetta, prima di prenderla." Poi si dirige verso il bagno e torna con un bicchiere d'acqua.

"Prendila ora. Io personalmente la trovo molto efficace. E non ha controindicazioni."

Gianni si pone la pillola in bocca e la deglutisce con un sorso d'acqua. Bruno si siede sulla sponda del letto e si accorge che l'amico è turbato dalla sua nudità.

"Ti ho visto questa sera, quando eri sulle scale del giardino" inizia Bruno con esitazione "e mi sono accorto che quando è arrivato il mio amico tu eri ancora lì, a guardare."

"Non avevo nessuna intenzione di spiarti. Soltanto non ero certo che fossi tu."

"Non giustificarti. Non ti chiedo neppure se hai già capito tutto. Anzi, ti confesso che se è così ne sono contento. Sono stanco di nascondermi dietro ad un ruolo che non mi appartiene. Non sono quello che la gente crede, non lo sono mai stato e non ho nessuna intenzione di cambiare."

"Non mi passa neppure per la testa l'idea di giudicarti. Però ricordo bene che la sera che siamo stati al casino mi sembravi perfettamente soddisfatto dell'esperienza."

"Certo che lo ero. È stata appunto un'esperienza. Un atto puramente meccanico. È stato così anche per te, no?"

"Che vuoi dire?"

"Andiamo. A me non la dai a bere. Eri imbarazzato al punto di rasentare lo spavento prima di entrare. E non deve essere stata una grande esperienza, se, quando siamo usciti, hai cercato di nascondere la tua malinconia per il resto della serata. Sta' tranquillo che la cosa morirà con me, ma lasciamelo dire: a te piace esattamente quello che piace a me."

"Ma sei matto? Ma come ti viene in mente una cosa del genere? Tutto è andato alla grande e spero che possa ripetersi presto."
"Sarà. Ma allora spiegami perché, poco fa, quando mi sono seduto qui vicino a te, ti è diventato duro? E a quanto vedo lo è ancora" aggiunge, sfiorandogli l'erezione evidente nonostante il lenzuolo che la ricopre. Si alza per tornarsene a letto.
"A domani. Anzi, a più tardi, visto che sono quasi le quattro" e si sdraia dopo avere spento la luce.

Gianni non riesce a prendere sonno. Pensa ancora alle parole di Bruno. Che acume, quel ragazzo! Aveva intuito tutto ed era stato così discreto e sensibile da non avergliene mai fatto cenno. Perché non aveva approfittato, pensa ancora, del colloquio di poco fa per aprirsi, invece di chiudersi a riccio, mentendo ostinatamente? Soprattutto, che cosa lo aveva spinto a mentire? Mancanza di coraggio? No, era certo che non si trattava di vigliaccheria. Forse era una forma di rancore nei riguardi dell'amico, perché, essendosi dichiarato apertamente omosessuale, gli aveva tolto la possibilità di constatare, attraverso il suo giudizio *da esterno*, come avrebbero potuto giudicarlo *gli altri*. C'era una forma di irritazione, invidia forse, nel vedere come l'amico si era accettato con disinvoltura, nel vedere come riusciva a parlare con estrema naturalezza di sé e, soprattutto, come era riuscito a superare il problema degli *altri,* problema che Gianni considerava ancora insormontabile.
Aveva perso un'ottima occasione. Ora, pensa, chissà quando se ne presenterà un'altra.
La realtà, comunque, è una sola, più semplice, ma più insidiosa, una realtà che lo potrebbe invischiare sempre di più nella menzogna, nel compromesso, se non troverà il modo di affrontarla: cioè deve imparare ad accettare se stesso. Ecco qual è la nuda e semplice verità. Quello è senza dubbio il primo passo per riacquistare la serenità. Poi gli *altri*. Certo ci sono anche gli *altri*. Però dopo. A loro penserà dopo. Ma sarà difficile, Dio se è difficile!
Dei rumori indistinti svegliano Bruno dopo neanche un'ora di sonno. Provengono dal letto vicino. Alla luce fioca del primo mattino che filtra attraverso le stecche delle persiane, vede Gianni che, seduto sul letto, borbotta: "Cavolo. Questa non ci voleva". Gira e rigira fra le mani il lenzuolo guardando sconvolto la macchia vischiosa che lo imbratta.

Bruno richiude gli occhi sorridendo e pensando: *'Ma perché cavolo esiti tanto? Perché insisti nel negare la realtà? Vuoi vivere gli anni futuri nell'infelicità, nascondendoti? Credo che avremo modo di riparlarne a lungo'* e si riaddormenta con questa convinzione.


I genitori di Gianni discutono fra loro circa la possibilità di mandare il figlio all'università. È una decisione non facile da prendere, perché se scelgono di assecondare il desiderio del loro figlio di fare architettura, devono mettere in conto, oltre che le tasse universitarie e i libri di testo indispensabili, anche il mantenimento fuori di casa: vitto e alloggio. A Roma, per giunta! "Non è uno scherzo" commenta Virginia.
"Lo so" replica Giuseppe. "Mi sono informato e sono cinque anni, dico cinque, in cui dovremo provvedere a tutto questo. Però io penso che, tagliando un pochino sul superfluo, noi potremmo rendere felice il nostro figliolo."
"Lo so, Giuseppe. Tu stravedi per Gianni; ma credi che non vorrei anch'io farlo felice? Credi che gli voglia meno bene di te? È una decisione pesante quella che dobbiamo prendere e la dobbiamo prendere subito."
"Lo so, Virginia, lo so. Ma non venire incontro al desiderio di Gianni per me significherebbe provare un dolore superiore a quello che potrebbe provare lui."
"Giusè, che ti devo dire? Ci aspettano giorni un po'duri, ma va bene: facciamo come dici tu." La donna guarda il marito e teme che le sue reticenze gli abbiano fatto pensare che non vuole abbastanza bene al ragazzo. "Giuseppe. Giuseppe, ascoltami e guardami. Sono felice, capisci? Felice di poter fare nostro figlio contento. Costi quel che costi" e nel dire ciò prende il capo dell'uomo fra le sue mani e accosta il viso al suo, teneramente.
La sera stessa Giuseppe e Virginia decidono di mettere il figlio al corrente della loro decisione.
"Gianni, mamma e papà vogliono parlarti. Sono in cucina" gli annuncia Nicoletta mentre sta uscendo.
Il ragazzo li raggiunge e li trova seduti, l'uno di fianco all'altra, dalla parte del lato lungo del tavolo. Potrebbe sembrare quasi una commissione d'esame, se non fosse che gli esaminatori sono più emozionati dell'esaminando.

Gianni, automaticamente, prende posto di fronte a loro e li osserva senza dire una sola parola.

Finalmente Giuseppe, dopo essersi raschiato la gola, parla.

"Gianni, mamma ed io abbiamo molto parlato a proposito della tua iscrizione all'università. Sappiamo a quale facoltà vorresti iscriverti e, dopo aver fatto molte considerazioni che è inutile che ti ripeta, abbiamo deciso di venirti incontro."

Virginia ascolta, passando con lo sguardo dal figlio al marito e viceversa. Ha gli occhi rossi e Gianni teme che possa scoppiare in lacrime da un momento all'altro.

"Papà, mamma, io non so proprio che cosa dire. Sapevo che con due genitori fantastici come siete voi due avrei dovuto stare tranquillo. Non osavo parlarvi, ma sapevo, intuivo che non avevate dimenticato i miei desideri. Che cosa posso dire? Sono certo che mi crederete se vi dico che non vi deluderò in nessun modo e che farò in modo che voi siate fieri di me."

Come aveva immaginato, Virginia scoppia in lacrime e Giuseppe, che l'attira a sé, dice: "Non occorreva che ce lo dicessi, figliolo. Ti conosciamo bene."

"Papà, è da tempo che volevo chiedertelo, indipendentemente dall'iscrizione all'università. Non potresti prendermi con te in cantiere per il periodo che rimane? Sono pronto a fare ogni cosa, pur di guadagnare un po' di denaro che mi dia l'impressione di contribuire, sia pure in minima parte, alle spese."

"Non lo so, Gianni. Per me va bene, però dovrò parlarne col signor Guelfi. Non credo che avrà niente in contrario."


Trascorrono alcuni giorni e Gianni riceve inaspettatamente l'invito da parte di Bruno di andare a pranzo a casa sua. C'è sua madre che avrebbe piacere di rivederlo. Gianni accetta volentieri, ha sempre trovato la signora Giovanna molto cordiale.

L'idea di invitare l'amico a pranzo aveva colto Bruno di sorpresa e l'aveva interpretata come un tentativo da parte di sua madre di allentare la tensione fra di loro e di ricostruire un rapporto che non era mai stato distrutto, per il semplice fatto che non era mai esistito.

A tavola, tanto per alleggerire l'atmosfera, Bruno rivela alla madre che anche Gianni, come lui, farà architettura a Roma.

"Davvero? Ma è fantastico!" esclama la signora Giovanna, "così potrete farvi compagnia. Anzi, Bruno, mi viene un'idea: facciamo risistemare la casa vicino a Piazza Farnese, così potrete andarci a vivere tutti e due comodamente senza dover pensare all'affitto. Che ne dite?"

Bruno accoglie la proposta della madre con malcelato entusiasmo. Chiede all'amico che cosa ne pensi.

Gianni, da parte sua, condivide lo stato d'animo dell'amico e, pur riconoscendo il vantaggio che ne trarrebbe andando ad abitare con lui, non vuol dare una risposta definitiva senza avere messo al corrente i genitori.

"Mi sembra giusto, Gianni. Però tu cerca di essere il più convincente possibile."

A quel punto la signora Giovanna chiama Agnese, la domestica, e le chiede di portare il caffè.

Dopo avere bevuto il suo, la donna si alza da tavola e si ritira nella sua camera, mentre i due ragazzi si fermano in salotto a parlare.

In realtà è Bruno che, esternando una forma di esaltazione quasi nevrotica, parla di Roma, dell'università e della loro vita del tutto nuova in una città veramente *città*.

Di lì a poco la madre, bellissima, si presenta per salutare i due giovani. Ha un impegno con il dentista.

Soltanto Gianni risponde al saluto. Bruno non crede affatto alla scusa del dentista. *'Avrà mai fine questa farsa?'* si chiede.

Rimasti soli, cerca di superare il malumore provocatogli dalla scusa della madre, tentando di convincere l'amico ad accettare la proposta da essa avanzata.

"Pensa che pacchia. Potremo fare quello che ci pare" si avvicina a Gianni e gli passa la mano sul torace. "E potremmo farlo anche ora, se ti va."

Il ragazzo si scosta turbato. "Scusami, ma non mi sembra il caso."

Bruno non insiste, ma è visibilmente alterato. La sua voce è dura, quando si rivolge all'amico.

"Spiegami una cosa, Gianni: quando ne hai voglia che fai? Tu non sei il tipo che se ne va al casino da solo; d'altra parte le nostre amiche vogliono arrivare vergini al matrimonio, dunque tu che fai? Ti masturbi? Con che cosa ti ecciti? Pensando a una lei o a un lui? Scusami, sai, se insisto, ma a me è bastata la reazione-erezione che hai avuto vedendomi nudo la sera che eravamo ospiti di Alex: se non lo avessi sospettato prima, mi sarebbe bastato quel fatto per capirti."

"Vuoi dire che mi stavi provocando?"

"Certo che ti stavo provocando. Che altro pensavi? Però volevo che fossi tu a fare la prima mossa. E poi la polluzione notturna che è seguita. Dai, non venirmi a dire che è stato un caso."

"Che ne sai della polluzione notturna. Non dormivi?"

"Sì, stavo dormendo" conferma Bruno quasi con irritazione, "ma hai fatto un tale casino con quel lenzuolo sporco che mi sono svegliato e naturalmente ho visto e capito che cosa era successo."

Gianni ascolta le parole di Bruno con attenzione. Appoggia il capo sullo schienale della poltrona sulla quale è seduto e chiude gli occhi. Non ce la fa più. Forse è arrivato il tanto sospirato momento di sfogarsi. Soprattutto è arrivato il momento di capire se stesso. "Hai ragione. È proprio così. È come una pietra che ho dentro e della quale non riesco a liberarmi in nessun modo. Sono attratto dal mio sesso e non hai idea di quale fatica sia il fare finta di niente quando mi accorgo che provo dell'interesse o della semplice curiosità per qualcuno. Avevo pensato che la nostra avventura in Via Dei Due Leoni avrebbe potuto risolvere il mio problema, ma in realtà non ha fatto altro che portare alla luce quello che io tentavo di nascondere. L'esperienza è stata, come dire, faticosa e l'ho portata a termine grazie alla dolcezza della ragazza, ma non c'è stato da parte mia nessun coinvolgimento se non lo sforzo di terminarla il più presto possibile. Da qui quell'aria malinconica che hai molto acutamente notato in me."

"Per come sei abituato" osserva Bruno addolcito, "per come sei cresciuto, mi rendo conto che ti trovi in una situazione alquanto delicata. Forse dovresti aprirti con tuo padre o con tua madre o, meglio ancora, con tutti e due insieme. Non so. Di sicuro loro non potrebbero risolvere la situazione, però, accettandoti, aiuterebbero senz'altro te ad accettare te stesso. E, conoscendoli, non ho dubbi sul fatto che le cose andrebbero in questo senso."

"Tu hai fatto così con tua madre?"

Bruno ride con amarezza. "Ma fammi il piacere! Come ti viene in mente una cosa del genere? Mia madre è come se non esistesse. Mi correggo: è come se io non esistessi per mia madre. Dubito molto che se ne sia mai accorta ma, anche se così fosse, non credo che gliene importerebbe

niente. Non perché sia di ampie vedute, ma semplicemente perché i suoi interessi sono rivolti altrove, almeno in questo momento."
Gianni ha seguito con tristezza lo sfogo dell'amico. Forse è molto più difficile di quanto non si possa immaginare confessare problemi derivanti da ferite così profonde, così dolorose.
"Mi dispiace. Mi rendo conto che questa situazione è per te così penosa da far sembrare il mio problema banale."
"Banale perché? Neanche tu ti trovi in una situazione comoda ed è la stessa nella quale mi sono trovato anch'io prima di te. Il fatto che l'abbia superata con tanta indifferenza non è altro che la conseguenza della mia non invidiabile situazione familiare. Perciò continua pure. Mi interessa ascoltarti."
"Non c'è molto da dire. Non so che cosa fare" si lamenta Gianni "per liberarmi di questo peso."
"Non puoi fare niente se non accettarti per quello che sei, il che, me ne rendo conto, non è facile. Però ascolta il mio consiglio, banale, se credi, ma pratico: quando ti capita l'occasione di divertirti, non perderla. Non cambierai natura con le rinunce. Vedrai: dopo la prima volta tutto sarà più facile."


Tornato a casa, Gianni parla con i genitori della proposta fatta dalla madre di Bruno. Ciò farebbe risparmiare sull'alloggio, il che, a Roma, non è poco.
A letto i genitori valutano la situazione. "Capisci, Giuseppe? Se Gianni andrà a vivere con Bruno, risparmieremmo sull'affitto; resterebbero solo le spese universitarie e il vitto. È un bel vantaggio, se ci pensi bene. Che te ne pare?"
"Sì, forse hai ragione, Virginia. Vedi? Abbiamo fatto bene a prendere la decisione che abbiamo preso. Gianni è un ragazzo responsabile, non ci ha mai delusi."
"Sì, sono contenta che lo abbiamo reso felice" commenta la moglie. "Sono certa che non ce ne pentiremo mai."


Gianni è al settimo cielo: perché può frequentare la facoltà di architettura e perché, se il padre riuscirà a convincere il signor Guelfi, potrà cominciare a lavorare in cantiere e a mettersi da parte un po' di soldi per le spese che dovrà sostenere a Roma.

Una sera, mentre stanno per sedersi a tavola, il ragazzo arriva con un quotidiano e lo mostra ai suoi familiari: *il transatlantico più bello del mondo*, come lo definisce la stampa nazionale, l'Andrea Doria, è colato a picco in mezzo all'oceano. La causa: una collisione con un transatlantico svedese, causata dalla fitta nebbia. I morti sono circa sessanta. Naturalmente sono in corso le inchieste sulle reali cause del disastro.

"Che tragedia!" esclama Virginia. "Una nave così bella. Ne eravamo tanto orgogliosi. Proprio come il Titanic."

"No. In quel caso non fu un altro transatlantico, ma un iceberg, a causare l'affondamento della nave" corregge Giuseppe.

"È vero" conferma Gianni, "e i morti furono circa millecinquecento, se non ricordo male."

"Comunque un gran peccato" commenta Virginia.


La richiesta di Gianni di poter lavorare nel cantiere fino a settembre è stata accettata dal proprietario, il signor Guelfi, e il ragazzo non sta in sé dalla gioia. Non si sottrae a niente: porta la carriola piena di mattoni, aiuta a mettere le palanche sui ponteggi, porta sacchi di cemento sulla betoniera. Dopo un po' ha imparato a farsi voler bene da tutti per la sua buona volontà e per il carattere affabile.

Quando ritorna a casa nel tardo pomeriggio è distrutto, ma felice.

Il sabato sera, generalmente, lo trascorre in compagnia di Bruno. Alex, sempre più impegnato con Daniela, ha, comprensibilmente, disertato un po' la compagnia dei due amici. Le rare volte che lo possono vedere, devono subire, da parte sua, ironiche punzecchiature su possibili visite, da parte loro, al villino di via Dei Due Leoni.

Gianni e Bruno le prendono sul ridere e lo lasciano dire senza, peraltro, incoraggiare l'argomento.

Una sera, dopo che Alex se ne è andato, Gianni chiede a Bruno se sarebbe disposto a tornarci.

La risposta è categorica: "Tornarci perché? Quando sento uno stimolo sessuale non è certo al casino che penso. Ho altri riferimenti. Perché, tu lo rifaresti?"

"Mah, non lo so. L'esperienza dell'altra volta mi ha lasciato parecchio amaro in bocca. Se dovessi rifarlo, sarebbe solo per vedere se ho superato il senso di panico di allora. Solo questo."

"E allora?" ribatte Bruno. "Se anche le cose dovessero andare nel verso *tradizionale,* chiamiamolo così, pensi che cesseresti di essere così come sei?"

"Sì, hai ragione. Lo dicevo così, tanto per dire" e il discorso è definitivamente accantonato. Non tutte le sere i due amici si vedono; a volte Bruno lo informa semplicemente che ha un altro impegno. Gianni è troppo discreto per indagare, però sospetta che l'amico abbia qualche storia con qualcuno di cui non vuole rivelare il nome. Forse lo stesso amico con il quale lo aveva sorpreso la sera della festa.

Settembre è alle porte e, oltre che a mettere in evidenza le cose che dovrà portare con sé a Roma, comincia anche a fare il giro di parenti e conoscenti per salutarli.

Fra gli amici include anche il suo istruttore di nuoto, Ettore, che lo ha seguito scrupolosamente durante tutti gli anni in cui ha frequentato il Centro.

Decide di andarlo a trovare di sera, dopo gli allenamenti. Forse è un po' tardi, ma generalmente Ettore si trattiene sempre un paio d'ore per sistemare le sue carte. Difatti lo trova là, nel suo ufficio, seduto alla scrivania, intento a riempire dei moduli.

"Ciao, Ettore" saluta, "disturbo?"

"Ciao, Gianni. Qual buon vento? No, tu non disturbi mai. Hai bisogno di qualcosa?"

"No, grazie. Sono venuto a salutarti. I primi di settembre vado a Roma. Mi sono iscritto ad architettura."

Lo dice con una certa esitazione. Sa di dare una delusione a Ettore.

"E così vuoi diventare architetto, eh?"

"Assolutamente sì. Lo sai che è sempre stato il mio desiderio più grande."

"Sì, lo so bene, purtroppo. Il non essere riuscito a persuaderti a dedicarti totalmente al nuoto lo considero come il più grave dei miei fallimenti."

"No, Ettore, se dici così mi fai sentire in colpa e questo non è giusto. Di sicuro, fra i tuoi nuovi allievi, c'è senz'altro qualcuno di grandi capacità atletiche in grado di seguire fino in fondo i tuoi consigli e darti le soddisfazioni che meriti. Sei un grande allenatore, Ettore, e sono stato fortunato ad averti avuto come tale. Non lo dimenticherò mai."

Gianni lo guarda a lungo. È un bell'uomo intorno ai trentacinque-trentotto anni ed ha sempre svolto il suo ruolo di allenatore con grande passione. Da giovane avrebbe voluto praticarlo in modo agonistico per poter partecipare ai vari campionati, ma con l'entrata in guerra dell'Italia aveva dovuto rinunciare ai suoi sogni. Al ritorno dal fronte si era dovuto rimboccare le maniche per risolvere problemi più gravi e più impellenti. Dedicandosi, più tardi, all'attività di allenatore, probabilmente aveva visto in Gianni una proiezione di se stesso. Gianni ricorda quando, dopo gli allenamenti, lo tratteneva, anche se il resto degli allievi se ne era andato, per suggerirgli che cosa avrebbe dovuto fare per ottenere determinati risultati. Nel farlo, ricorda, indugiava a lungo toccandogli il torace o le cosce, indicandogli che cosa doveva fare per sviluppare i muscoli coinvolti nel nuoto: quelli delle braccia, necessari per imprimere agli arti la forza necessaria per la trazione durante la bracciata; quelli fondamentali per il movimento delle gambe e così via. Se lo facesse perché spinto da altre intenzioni, Gianni non poteva dirlo. Però ora sperava ardentemente che fosse così.

Si scuote, per timore di palesarsi, di lasciarsi andare, sebbene sia proprio questo ciò che vorrebbe fare: lasciarsi andare.

In seguito alla conversazione avuta con Bruno ha la sensazione che i freni inibitori che lo avevano sempre bloccato si siano sciolti e ha l'esatta consapevolezza che i suoi impulsi sessuali si stiano facendo sempre più impellenti.

Però non vuole rovinare un rapporto che è andato avanti tutti quegli anni. È meglio che saluti Ettore, prima di rendere evidente il proprio turbamento.

"Beh, si sta facendo tardi" dice quasi con esitazione, "devo proprio andare. Nei miei prossimi rientri da Roma prometto che ti verrò a trovare, ne puoi star certo."

"Ci conto, Gianni."

Sono l'uno di fronte all'altro. Ettore si avvicina al ragazzo. Allunga entrambe le braccia quasi per abbracciarlo. In realtà le distende fino a toccare con le mani la parete che si trova alle spalle di Gianni, bloccandolo così contro il muro. Avvicina il capo a quello del ragazzo e lo bacia sulla guancia.

Poi dalla guancia scivola sulla bocca. Gianni pensa con emozione che si sta verificando proprio quello che aveva desiderato sin dal momento in cui era entrato in quell'ufficio. Di più. Ci aveva pensato sin dal momento in cui aveva deciso di andare a salutare Ettore a quell'ora della sera, sapendo che il centro sarebbe stato deserto.

Nel rispondere al bacio di Ettore, ricorda le parole di Bruno: "Se capita l'occasione di divertirti, non perderla."

Gianni esce dal bagno annesso all'ufficio e prende i pantaloni che erano stati appoggiati sulla spalliera di una sedia. Lì accanto ci sono anche quelli di Ettore. Mentre se li infila, guarda l'allenatore che è rimasto seduto sul divano in silenzio.
Pensa a quanto è appena accaduto e si rende conto di non provare alcun senso di colpa, anzi, si sente inaspettatamente sereno e contento di averlo fatto. Sa anche che terrà dentro di sé quello che è successo fra loro due.
Ettore è sposato e ha tre figli, uno dei quali, di circa quindici anni, segue gli stessi corsi di nuoto che seguiva Gianni. Il ragazzo intuisce il timore dell'uomo e, nel ricomporsi, lo vuole rassicurare.
"Ettore, non voglio salutarti con il pensiero che tu possa temere qualche cosa da parte mia. Sai che puoi stare tranquillo. Non parlerò con nessuno di questa sera. Il segreto morirà con me, te lo assicuro. Non accadrà mai che io possa farti del male, spargendo in giro una voce che potrebbe danneggiarti. Ho stima e affetto nei tuoi riguardi, perciò non avere timori. Però sii cauto: la città è piccola e le voci fanno presto a spargersi a macchia d'olio."
"Sì, lo so. Così come so che posso fidarmi di te. Potrei essere tuo padre e so che non avrei dovuto farlo, però non ne sono affatto pentito. Spero che neanche tu lo sia. Ti auguro buona fortuna, Gianni. Sei un caro ragazzo e so per certo che non ti dimenticherò."
Gianni gli mette una mano sulla spalla e si china a baciarlo. "Neanche io sono pentito. Anzi, sono contento che tu sia stato il primo. Conserverò sempre un bel ricordo di questa sera."

L'estate volge alla fine, ma i ragazzi del luogo seguitano a frequentare la spiaggia dove si trattengono a volte fino al tramonto, che si presenta al suo appuntamento quotidiano ogni giorno in anticipo rispetto a quello precedente.
Sebbene le giornate siano ancora godibilmente calde, gli ombrelloni sono scomparsi quasi del tutto e i pattìni sono allineati in modo ordinato lungo il bagnasciuga, prima di essere trasportati nel deposito; il mare è quasi sempre agitato al punto di non poterli più utilizzare per andare al largo.

Soltanto i giovani si divertono ancora ad affrontare le onde, dopo avere preso la rincorsa dalla riva, e quanto più queste sono alte tanto più si divertono a tuffarcisi in mezzo per riemergere con ampie bracciate per evitare che il riflusso li spinga verso gli scogli-frangiflutti. Considerano il mare come un vecchio amico da amare e da temere allo stesso tempo, e il loro è un modo di salutarlo, prima della pausa invernale, nell'attesa di ritrovarlo l'estate prossima sempre lo stesso eppure sempre diverso.

Finalmente si parte per Roma. Alex ne approfitta per accompagnare personalmente Gianni e Bruno nella Capitale e farsi una vacanza a suo uso e consumo con la scusa che ha da contattare alcuni clienti.

È anche un'opportunità per passare alcuni giorni con i suoi amici. Lui ha scelto Bologna come sede universitaria e le occasioni per vedersi non saranno molte.

La casa è accogliente, Roma bellissima e il futuro promettente. Bruno invita Alex a restare in casa con loro, ma Alex preferisce andare in albergo.

"Sicuramente ha i suoi giri" commenta Bruno, dopo che l'amico se ne è andato "soddisfatti i quali tornerà a casa e in fabbrica, dove, dietro la guida di quella mummia che è suo fratello, comincerà a familiarizzare con i prodotti, i macchinari e il personale."

Il primo impatto con il mondo universitario li destabilizza. È un mondo totalmente nuovo, dove si è ignorati da tutti e dove il caos è totale.

Gianni è alla disperata ricerca di un programma con gli orari delle lezioni. Finalmente scorge un usciere il quale, seguitando la lettura del periodico che ha in mano, alla domanda precisa di Gianni risponde che può trovarlo in segreteria e gli indica una porta all'inizio di un corridoio. Il giovane bussa alla porta, ma non ottiene nessuna risposta. Decide di entrare, ma l'ingresso è chiuso a chiave. Sembra che non ci sia nessuno.

Torna dall'usciere che gli aveva fornito l'indicazione per avere maggiori delucidazioni.

"È troppo presto" risponde flemmatico, senza alzare lo sguardo dal giornale che sta leggendo. "Torna fra mezz'ora."

*'Non poteva dirmelo prima?'* pensa Gianni un po' irritato.

Bruno, che nel frattempo si era allontanato, ritorna con alcuni fogli in mano: sono quelli con l'orario delle lezioni.

"Chi te li ha dati?" domanda l'amico stupito.

"L'usciere del piano di sopra" risponde Bruno soddisfatto.

La facoltà di Architettura si trova ai margini dei Parioli, la zona più signorile della città, e di Villa Borghese.
È frequentata da molti studenti e il primo giorno di lezione è quasi un trauma. Ci sono quattro materie per mattina e una, composizione architettonica, nel pomeriggio. Ognuna si svolge in un'aula diversa, perciò c'è la corsa forsennata non tanto per i primi posti, quanto, semplicemente, per i posti a sedere. I più sfortunati dovranno accontentarsi di prendere i loro appunti in piedi.
Gianni, nonostante la confusione, si sente felicissimo e trova i corsi interessantissimi, anche perché tenuti da docenti di grande competenza e autorità nelle proprie materie.
Dopo i primi giorni, necessari per ambientarsi ai nuovi ritmi didattici e necessari anche per scoprire Roma, comincia a studiare tenacemente per presentarsi preparato alla sessione di giugno. Bruno cerca di stargli dietro, ma è evidente che i suoi interessi sono altri. Gianni cerca di convincerlo ad applicarsi, ma con scarso successo.
A volte escono e vanno a cena in un ristorante della zona il cui titolare molto simpatico, Mimmo, si scandalizza enormemente quando Gianni confessa di non avere mai mangiato gli spaghetti alla *puttanesca*. "Altro che le tagliatelle con il ragù" lo sfida Mimmo.
Dopo la prima forchettata, il giovane decide di convertirsi totalmente al nuovo piatto.
Bruno, molto pratico della città, lo porta nei luoghi più caratteristici e gli fa conoscere alcuni bar dove, a volte, gli confida, si possono fare *incontri interessanti*. È conosciuto quasi dovunque e lui tratta tutti con molta cordialità. Sembra un'altra persona.
Una sera in cui sono rimasti a casa a guardare un programma alla televisione, Gianni gli fa notare questo cambiamento che ha riscontrato in lui.
"Forse perché sono lontano da quel luogo funereo che è la mia casa" risponde Bruno. "E, se vogliamo, anche la nostra città. Pensa un po' a noi due ora, qui. Possiamo uscire, possiamo andare nei bar che hanno ancora sedie e tavolini all'aperto nonostante sia ottobre inoltrato. Pensa là, invece, a quest'ora: il deserto. Persino Alex con tutte le donne che potrebbe avere, se vuole scopare deve venire a Roma. Ma ci pensi?

Anche per noi, intendo *quelli come noi*, qui ci sono ampie possibilità. Il ristorante dove siamo stati ieri è tacitamente un luogo di incontro per omosessuali. Non che abbia le camere a ore. No, non questo. Ma a volte basta scambiarsi uno sguardo, due parole e il gioco è fatto. Il resto viene da sé."

"Ma è capitato anche a te?"

"Certo, se no perché te lo racconterei. Non venivo a Roma da parecchi mesi, ma ho potuto constatare che non è cambiato niente. Non solo, ma quelle sere in cui sono uscito da solo, perché tu studiavi, ho ritrovato vecchie amicizie che potrai conoscere anche tu, se lo vorrai. Oppure ci sono luoghi in cui il sesso viene praticato apertamente, proprio nei posti più frequentati. Un esempio? Il Colosseo."

"Il Colosseo?" ripete Gianni stupito.

"Esatto. Proprio il Colosseo. Ne vuoi una prova? Infilati la giacca e seguimi."


Arrivati davanti al fantastico monumento, Bruno guida Gianni verso un fornice che conduce nell'arena. All'interno un via vai ininterrotto di ombre. Alcune si voltano al loro passaggio.

Usciti nello spazio aperto dell'arena, le ombre assumono aspetto umano.

"Beh" consiglia Bruno, "a questo punto puoi andare da solo a fare le tue scelte. Io vado da quella parte. Ci troviamo fra quaranta minuti nello stesso punto da cui siamo entrati. Chi arriva prima, aspetta."

Gianni è senza parole. Non sa dove andare. Fa qualche passo, poi si ferma e si appoggia alla ringhiera della cavea. È stupito per il gran numero di uomini, alcuni anziani, e di adolescenti che transitano davanti a lui. Qualcuno si ferma a osservarlo, poi, scoraggiato dalla sua indifferenza, procede.

Non ha idea di quanto tempo sia passato da quando si è fermato a guardare quel mondo per lui così nuovo, impensato. Riprende a camminare e passa da zone moderatamente illuminate ad altre decisamente buie.

Si accorge che sta salendo una ripida scala - forse una di quelle che i Romani chiamavano *vomitoria* - che lo conduce alla galleria superiore. Qui le cose vanno meglio: le ombre hanno finalmente un volto. Si è appena seduto su un gradino della rampa che gli si avvicina quasi subito un uomo sui trenta, trentacinque anni.

Lo osserva, gli sorride.

"Salve" saluta.

"Salve" risponde Gianni osservandolo a sua volta.

"Forse non te ne sei accorto" gli dice, "ma è da quando sei entrato con il tuo amico che ti seguo."

"In effetti è così: non me ne sono accorto."

"Devi essere nuovo di qui, vero?"

"Sì, sono studente e ho seguito un amico che ci teneva a farmi conoscere un aspetto a me ignoto di Roma."

"Sono grato al tuo amico, allora. Mi chiamo Franco" si presenta l'uomo sedendosi al suo fianco sul gradino.

"Piacere, io mi chiamo Gianni."

"Sei notevole, te lo hanno mai detto?"

Gianni sorride imbarazzato.

Franco fa la prima mossa. Allunga la mano sull'apertura dei pantaloni di Gianni, che rimane immobile per l'imbarazzo. L'uomo sembra comprendere: gli fa una carezza e lo bacia sul collo, mentre con la mano gli denuda il pene. Quindi abbassa il capo verso le cosce del giovane che, incapace di muoversi, lascia fare.

Mentre Gianni si sistema i pantaloni, l'uomo si alza, gli fa una carezza e si allontana salutandolo: "Ciao. Un po' freddino, ma ne è valsa la pena. Imparerai."

Gianni è quasi incredulo.

'*È sempre così?*' si chiede e si accorge di essere piacevolmente sbalordito.

Guarda l'orologio e si rende conto di essere in ritardo. Corre verso il fornice indicato, ma Bruno non c'è ancora. Arriva dopo circa quindici minuti accompagnato da un francese.

"Come è andata?" gli chiede e, senza aspettare la risposta, "Tarderò un po'questa notte. Sei capace di tornare a casa da solo?"

"Certo, non ti preoccupare. A domani allora e buona serata."

"A domani" gli fa eco Bruno.

Gianni, nonostante i rari svaghi notturni, studia con lena e autentico interesse. È deciso a superare con successo tutti gli esami della prima sessione. Pensa sempre allo sforzo che i suoi sostengono affinché possa realizzare il suo sogno, sforzo che cerca di ripagare con l'unica arma in suo possesso: il senso di responsabilità. Con il passare dei mesi fa nuove amicizie, alcune nell'ambito universitario, oppure frequentando i bar conosciuti con Bruno, nei quali, quando sente il bisogno di *svagarsi*, trova quasi sempre la compagnia giusta. Aveva avuto ragione l'amico quando gli aveva detto: "Dopo la prima volta è tutto più facile."

Comincia ad abituarsi a Roma, a sentirla in qualche modo sua e pensa che forse, una volta laureato, si stabilirà lì, anche perché le probabilità di lavoro sono maggiori di quanto non lo siano nella sua cittadina.
Studia come un forsennato. Vuole essere in regola alla fine del biennio: sono in tutto sedici esami. Se non si superano quelli non si possono sostenere quelli del triennio. Sarà dura però sa che può farcela.
È preoccupato per Bruno. Non ha quasi mai aperto un libro da quando vivono a Roma, e dubita che sia in grado di sostenere almeno uno dei sedici esami imposti dal biennio. La sera, quando Gianni rimane a casa a studiare, se ne va da solo per rientrare sempre molto tardi. L'amico si sente responsabile nei suoi riguardi e cerca di spronarlo a studiare, a volte con durezza, ma Bruno sembra fatto di gomma. Tutto sembra rimbalzare su di lui. Ci sono giorni in cui se ne sta chiuso in camera per interi pomeriggi, sdraiato sul letto, con lo sguardo rivolto al soffitto.
Verso i primi di novembre, dirigendosi verso la Facoltà, entrambi trovano le strade intasate da persone che urlano e da poliziotti che cercano di arginare quel fiume in piena. Sono studenti e operai con cartelli sui quali è scritto UNGHERIA LIBERA. Gianni e Bruno rimangono immobili, incapaci di reagire, quando, dal corteo, un loro compagno di corso li apostrofa urlando: "Che fate lì impalati! Unitevi a noi."
I due ragazzi non hanno le idee molto chiare, ma si aggregano al mare di studenti e di operai. Il loro collega si mette al loro fianco per informarli. Parla in fretta e con la voce affannata: "Dobbiamo essere solidali con gli insorti ungheresi che chiedono l'abolizione del Capitalismo di Stato. Vengono definiti *provocatori,* ma le loro sono giuste rivendicazioni sociali. Soprattutto vogliono che le truppe dell'URSS vengano ritirate dalla loro terra. Sembrava che fossero stati ascoltati, ma in realtà i carri armati hanno finto di lasciare libera Budapest e il giorno dopo hanno attaccato sparando sulla folla e facendo fucilare i rivoltosi arrestati. Una

vigliaccheria senza pari. Il fatto è talmente ignobile che alcuni alti esponenti del PCI hanno lasciato il partito. Soltanto L'Unità definisce *teppisti* gli insorti, mentre per qualcun altro i carri armati russi avrebbero contribuito a *spianare la strada per mantenere la pace nel mondo*. Visto che l'Occidente è troppo occupato con le questioni del Medio Oriente, noi non possiamo lasciare inascoltati gli appelli disperati della trasmittente ungherese" conclude il collega.

Bruno e Gianni, sebbene un po' agnostici, vogliono condividere quel sentimento di partecipazione e seguono il gruppo.

Il corteo si dirige verso Via Delle Botteghe Oscure, dove le Forze dell'Ordine si sono schierate a protezione della sede del PCI. Poi, senza essersene resi neppure conto, i due amici vengono investiti da un getto potente di acqua. Le Forze dell'Ordine hanno deciso di ricorrere agli idranti e alle bombe lacrimogene per calmare i gruppi di studenti e operai, che, come immersi in un bagno di eroismo, stavano scagliando pietre contro le finestre del PCI. Il gruppo, tranne i più coraggiosi, si sparpaglia in un fuggi fuggi generale. Non mancano manganellate, alla vista delle quali i due ragazzi riescono a darsela a gambe prima di rimanerne vittime. Purtroppo le richieste di aiuto lanciate dall'emittente ungherese rimangono inascoltate dal mondo intero e si spengono nell'indifferenza generale.

Finalmente le vacanze di Natale. Gianni e Bruno tornano nella loro cittadina e per Gianni è quasi un rientro trionfale, con i genitori che lo aspettano alla stazione.

A casa lo tempestano di domande: come si trova a Roma, se mangia abbastanza, com'è la casa, se l'università è lontana da dove abita. Gianni cerca di accontentare tutti con amorevole pazienza.

Quando Bruno entra in casa, trova la madre al telefono. Lei gli fa un cenno lezioso di saluto con la mano, mentre seguita a parlare.

Bruno si dirige senza rispondere verso la sua camera e posa la valigia sul letto.

Di lì a poco la signora Giovanna lo raggiunge mentre sta sistemando gli indumenti nei cassetti e lo abbraccia con trasporto. Dopo un rapido bacio sulla guancia, lui si scioglie subito dall'abbraccio della madre. È imbarazzato. Schivo.

"Come intendi passare le vacanze?" le chiede brusco. "Restiamo qui o apriamo la casa in montagna?"

"No, caro. Stavo proprio per dirtelo: il 26 partirò per Parigi dove passerò il Capodanno con degli amici. Dicono che lì sia una favola. Non ti dispiace restare solo, vero? Il Capodanno lo hai sempre passato fuori con i tuoi amici, se non sbaglio." Bruno nota che almeno ha avuto la decenza di *non nominarlo* in sua presenza.

"Il Capodanno, veramente, lo abbiamo passato quasi sempre in montagna con mia grande rottura di palle. Avrei dovuto capire appena entrato in casa che avevi altro per la testa. Non hai tirato fuori neppure le decorazioni natalizie. Hai almeno comprato un panettone per il giorno di Natale? Così, sai. Tanto per festeggiare."

Il giorno dopo Santo Stefano, riceve una telefonata da Gianni. Vorrebbe andarlo a trovare a casa, soprattutto per ringraziare la madre per il grande favore che gli ha fatto concedendogli la disponibilità della casa di Roma.

"Mia madre è partita ieri per la Francia con il compagno, perché ha detto che in nessuna parte del mondo il Capodanno è simile a quello di Parigi." Il tono di Bruno denuncia una grande amarezza.

Gianni è sbalordito dalla rivelazione, ma, evitando commenti, simula un tono leggero. "Capodanno puoi benissimo passarlo con noi. Ci conosci quindi sai già che sarai trattato come uno di famiglia. Ti aspettiamo per pranzo e poi penso che ti toccherà giocare a carte e a tombola fino a mezzanotte. Ti va l'idea?"

"Certo che mi va. Ti ringrazio molto. Ora non ho una gran voglia di uscire, ma se ti va di venire a trovarmi mi farai piacere."

Gianni accetta l'invito e, appena lo vede, nota che Bruno è, oltre che estremamente pallido, più depresso del solito. È sempre stato noto come un ragazzo chiuso, poco incline alle compagnie numerose o chiassose, ma questa volta è diverso. È, oltre che amareggiato, anche molto teso, come una bomba pronta a esplodere. Spegne il televisore che aveva acceso e fa accomodare Gianni sul divano. Gianni tace aspettando che sia l'amico a parlare. Dopo alcuni secondi di silenzio Bruno si apre.

"Capisci come vanno le cose a casa mia?" esordisce fissando gli occhi nel vuoto e scuotendo il capo come per confermare quanto sta dicendo. "Io vengo in vacanza a casa per Natale, e mia madre che fa? Parte per la Francia con l'amante, perché in nessuna parte del mondo il Capodanno è emozionante come quello di Parigi. Per non parlarti poi di che allegria è stato il Natale. Immaginati, io e lei da soli. Ci siamo scambiati a malapena gli auguri e poi, dopo pranzo, ciascuno nella sua camera. Questa volta è più forte di me. Non riesco a digerire la cosa. Mi sto portando dietro, da che ho messo piede qui in casa, un tale mal di testa che quasi mi schizzano gli occhi fuori dalle orbite. Anche se ho sempre ostentato una certa indifferenza per gli affetti familiari, beh, questa volta non ce la faccio. Non tollero più mia madre, non tollero più la sua vista, la sua leggerezza, il suo far finta che non stia accadendo niente mentre invece a me sembra che siamo sull'orlo di un baratro. A volte mi sembra di odiarla. Peggio. Di disprezzarla. Forse è anche per il costante confronto con i tuoi, con l'atmosfera che si respira a casa tua e che non ho mai, dico mai, respirato a casa mia. Non lo so, Gianni. Sono incazzato, ma anche molto, molto stanco. La verità è che mi sento solo. Solo *dentro*, capisci quello che intendo? Ho quasi vent'anni. Dovrebbe essere un'età favolosa la mia, la nostra. Eppure mi sento solo, perché sono sempre stato solo, perché non ho mai avuto dei riferimenti affettivi. Non li ho mai avuti perché non me li hanno mai dati."

Il suo tono è un crescendo di disperazione. Gianni è allibito al pensiero di quanto dolore deve portarsi dentro l'amico. Vorrebbe consolarlo, ma teme di essere banale.

"Credo di comprendere quello che dici. Forse è perché non hai ancora trovato nessuno che ti voglia veramente bene."

"No, Gianni, è il contrario. Non ho mai trovato nessuno, perché non c'è mai stato nessuno al quale IO volessi veramente bene, o meglio: al quale io DESIDERASSI di voler bene. Capisci cosa voglio dire? Sono arido, arido, secco come lo è un ramo secco, buono solo per il fuoco!"

Le ultime parole le ha quasi urlate.

"No, Bruno, non credo affatto che sia così. È chiaro che non ho l'esperienza necessaria per pontificare, ma non credo sia sbagliato dire che è solo una questione di tempo. Certe cose capitano quando meno te le aspetti e per *quelli come noi,* costretti a vivere nella clandestinità, le cose sono chiaramente più difficili. E tu non mi sembri affatto un ramo secco. Sei comprensibilmente deluso per il comportamento di tua madre, e soffri. Certo che soffri. Lo capisco. Mettiamola così: pensa che dopo le feste torneremo a Roma dove tu DOVRAI riprendere seriamente gli studi

e stare occupato mentalmente. Ce la farai, ne sono certo. Ce la farai. Questa volta permettimi di aiutarti, eh?"
Bruno si avvicina a Gianni e lo abbraccia fraternamente.
"Va' a casa, ora. I tuoi ti staranno aspettando. Ci vediamo domani. Ciao. Ti sono grato per quanto stai facendo. So che lo fai col cuore. Ti conosco bene."

Il giorno seguente Bruno arriva a casa dei Bini verso la mezza; sono già arrivate Tina e Gianna, le amiche di Nicoletta, e un paio di amici dei coniugi Bini.
Il pranzo è moderatamente abbondante, in vista del cenone che si svolgerà, secondo la tradizione, a mezzanotte.
Dopo pranzo, liberata la tavola dalle stoviglie e dalla tovaglia, hanno inizio i giochi caratteristici delle feste natalizie: *sette e mezzo, mercante in fiera* e, regina incontrastata, l'intramontabile *tombola,* che è il gioco preferito dai più giovani.
Bruno è quello che tiene più frequentemente il *cartellone,* commentando i numeri che escono con le simbologie tradizionali: "Ventidue: *le paperette...* quarantasette: *morto che parla...* quarantaquattro: *le seggioline..."*
È seduto fra Virginia e Giuseppe.
"Dai, Bruno, prendi una fetta di panettone, perché fino a mezzanotte non si mangia."
"Grazie, signora Virginia, ma non ce la faccio proprio. Con tutto quello che ho mangiato, penso che a mezzanotte mi limiterò a una cucchiaiata di lenticchie, giusto per non venire meno alla tradizione."
Giuseppe, per non consentire alla moglie di opprimere Bruno con le sue insistenze, cambia discorso limitandosi a fargli le solite domande sull'università e su Roma, alle quali il ragazzo risponde in modo esauriente. Gianni osserva con attenzione e affetto l'amico e si augura che lo stare in compagnia lo abbia un po' rasserenato.
I giochi vanno avanti così fino alle ventitré e trenta. A quel punto Virginia si alza da tavola e, accompagnata da Nicoletta, si reca in cucina ordinando: "Ragazzi, fra poco è mezzanotte. Preparate la tavola!"
Bruno interrompe subito la vendita delle cartelle della tombola. Nel brusio generale si ode la vocina di Tina che si lamenta: "Non ho vinto neppure un ambo" alla quale fa eco quella di Gianna che, con perfida

ironia, osserva: "Chi è fortunato in amor, non giochi a carte" riferendosi naturalmente alla cotta non corrisposta che Tina si è presa per Gianni e che si trascina dietro da un paio d'anni.

Con i rintocchi della mezzanotte tutti brindano alla salute di tutti, scambiandosi baci e abbracci.

Gianni si accosta all'amico e, guardandolo fisso, gli tocca il bicchiere con il suo, dicendogli: "Auguri per tutto ciò che desideri" e lo abbraccia.

Bruno è l'ultimo ad andarsene. Saluta affettuosamente tutti, ringraziandoli per la bella giornata trascorsa.

"Guarda che ti aspettiamo anche domani, ci contiamo" lo invita Giuseppe.

"Certo che devi venire, Bruno. Credevo che l'invito fosse implicito" dice Virginia.

"Vi ringrazio infinitamente, ma domani devo fare le valigie, perché dopodomani torno a Roma e sono un po' indeciso su cosa portarmi dietro."

"Ma perché parti così presto? Le lezioni cominciano dopo l'Epifania. Hai ancora una settimana di vacanza" interviene Gianni.

"Sì, lo so, ma devo sbrigare anche alcune cose con il commercialista di mia madre. Comunque grazie ancora di tutto" taglia corto il giovane.

Gianni intuisce che l'amico ha mentito, ma non vuole interferire con i suoi piani.


Tornato a casa, Bruno si guarda intorno e si sente più solo che mai. Sente rispuntare, più acuto, il dolore alla testa che, con il passare dei giorni, si è fatto sempre più frequente. Ripensa alla bella giornata trascorsa con la famiglia di Gianni e, di riflesso, pensa a sua madre. La immagina, chissà perché, sotto la Tour Eiffel a brindare con il suo mantenuto. L'amarezza si trasforma in una sofferenza lancinante; ha di nuovo *quei* pensieri su di lei.

Il dolore alla testa è accompagnato da un bruciore acuto alle tempie: le comprime come se volesse farlo schizzare fuori e invece ha l'impressione che a voler schizzare fuori dalle orbite siano gli occhi.

Si dirige verso il bagno quasi a tentoni. Prende dallo stipetto il flacone degli antidolorifici e se ne riempie il palmo della mano. Li deglutisce con un bicchiere d'acqua.

Si reca in camera sua, posa il flacone sul comodino e spegne la luce: la sua luminosità gli ferisce gli occhi.
Si sdraia sul letto.
Il dolore persiste, sebbene attenuato.
Sente il bisogno di dormire.
Sì, finalmente riuscirà a farsi un bel sonno.

## 1957

Bruno viene trovato dalla madre due giorni dopo il suo ritorno da Parigi. Dapprima la donna pensa che non sia in casa, poi, passando davanti alla camera del figlio, lo scorge disteso compostamente sul letto. Pensa che stia riposando, ma è un attimo. Il colore del volto e la rigida immobilità del corpo non lasciano dubbi. Vorrebbe urlare, ma non può: la gola non riesce a emettere nessun suono. L'unica cosa che le viene in mente è chiamare Gianni.

Il giovane non comprende appieno quello che la donna tenta di dirgli. Capisce soltanto che deve essere capitato qualcosa di molto grave.

Raggiunge in un baleno la casa dell'amico. Trova la porta socchiusa e nessuno a riceverlo. Si dirige verso la camera del ragazzo ed è come se ricevesse una pugnalata in pieno petto. Per un attimo pensa che quello che sta vivendo non sia reale. Ma il giovane che vede sul letto è proprio lui: Bruno. Il vederlo così, esanime, gli dilania l'animo.

Si accorge che la madre è seduta su una sedia con la testa reclinata, lo sguardo fisso nel vuoto e le braccia strette intorno alla vita.

Gianni si rende conto che deve prendere in mano la situazione: dovrà essere lui a svolgere tutte le pratiche, a richiedere documenti, certificati e a svolgere tutto ciò che di freddo e burocratico la morte comporta, compresi gli accordi con l'agente delle pompe funebri.

Fa una rapida telefonata a casa per mettere i suoi al corrente di quanto è accaduto. Poi telefona ad Alex, ma il domestico gli comunica che il signorino è in Germania con il fratello per affari.

La sera, a tavola, sono tutti tristi e silenziosi. Nicoletta scoppia a piangere, mentre Virginia e Giuseppe gli chiedono dei chiarimenti su come è accaduto, perché è accaduto. Poi comprendono che il loro figlio è troppo provato; decidono di non opprimerlo con troppe domande. Penserà lui a dire tutto, quando lo riterrà opportuno.

I funerali si svolgono in forma civile: né la signora Giovanna né lo stesso Bruno erano credenti. La salma, perciò, dalla camera ardente viene direttamente trasferita nella tomba di famiglia. Il corteo è formato da poche persone: alcuni amici - tranne Alex che, essendo all'estero per lavoro, è ancora all'oscuro della tragedia - la famiglia di Gianni e Gianni stesso che la madre di Bruno ha sempre voluto accanto a sé.

Al momento della tumulazione, Giovanna vuole deporre una rosa sulla bara e indugia, con una mano appoggiata sul legno. Ha gli occhi chiusi, quasi aggrottati, come se i pensieri sui quali sembra concentrata volesse trasmetterli al figlio.

Gianni fa l'atto di allontanarsi, ma lei è rapida nel trattenerlo.

"Ti prego" gli dice semplicemente "resta." Poi, retrocedendo si allontana, aggrappata al braccio del giovane, mentre l'operaio addetto alla tumulazione procede alla chiusura del loculo. Giovanna resta per alcuni secondi immobile, con gli occhi fissi sulla lapide che la divide definitivamente dal figlio; quindi, sempre sorretta dal ragazzo, si avvia verso l'uscita del cimitero, dove li aspetta un taxi.

Il giovane fa salire Giovanna sulla vettura. L'autista, rivolgendosi a Gianni, chiede: "A casa?" Lui fa cenno di sì con il capo e si siede accanto alla donna.

A casa l'aspetta l'amante; Giovanna non ha ritenuto opportuno che presenziasse alla cerimonia. Ignora il gesto che questi fa per abbracciarla. È visibilmente distrutta.

L'uomo si allontana in silenzio ed esce dall'abitazione. Ha capito che da quel momento dovrà rinunciare a quella fonte di sostentamento.

Rimasti soli, Giovanna tempesta Gianni di domande ad alcune delle quali lei stessa risponde, attribuendosi tutte le colpe che hanno spinto il figlio a compiere quel gesto estremo.

I sentimenti che il giovane prova verso la donna variano da una pena infinita a una rabbia accecante. La pena prevale e alcune risposte che le dà non sono che bugie pietose:

*-Sì, Bruno studiava, però, poiché non preparavano contemporaneamente lo stesso esame, Gianni non poteva dire con quanto impegno lo facesse.*

*-Sì, aveva conosciuto alcuni amici di Bruno. Non tutti, bene inteso, però quelli che aveva conosciuto erano brave persone.*

*-No, non tutti erano compagni di corso.* E così via.

Prima di andarsene, Gianni compie il gesto di consegnarle le chiavi della casa di Roma, chiedendole il permesso di usarle ancora una volta per andare a ritirare le sue cose, i suoi libri. La donna le osserva stordita, poi solleva lo sguardo sul ragazzo. Lo fissa a lungo, strizzando gli occhi, come se volesse mettere a fuoco la sua immagine. Poi scoppia, finalmente, in un pianto disperato, coprendo il volto con le mani.
Gianni non resiste a quella vista. Neanche lui sa dominare il dolore. Abbraccia la donna senza poter dire una parola. Riavutasi, la signora Giovanna lo supplica di tenere le chiavi, di usarle fintanto che ne avrà bisogno, perché senza dubbio è ciò che Bruno avrebbe voluto.
"Penso che ti volesse molto bene. Ricordo che quando vi proposi di vivere insieme nella casa di Roma i suoi occhi brillavano."

Il rientro nella casa di Roma è quanto di più triste il giovane abbia mai provato nella sua vita. Appena varcata la soglia, posa la valigia nell'ingresso, spalanca le finestre e si dirige verso la camera che era stata di Bruno. Tutto è perfettamente in ordine.
Si guarda intorno e pensa che dovrà chiedere alla signora Giovanna se desidera avere gli oggetti del figlio o se preferisce lasciarli lì dove si trovano. Si avvicina alla scrivania.
In un angolo sono disposti in bell'ordine dei libri universitari probabilmente mai sfogliati. Apre un cassetto e trova penne, matite, astucci contenenti set completi di compassi. Nel secondo cassetto fogli di carta da scrivere e buste. La risma dei fogli è disposta in modo disordinato. Nel cercare di sistemarla, Gianni si accorge che fra l'ultimo foglio e il piano del cassetto c'è qualcosa, forse un libretto, un'agenda.
Sposta la risma e scopre che l'oggetto è una cornice con una foto di loro tre, Alex, Bruno e se stesso, sorridenti e più giovani di un paio d'anni.
Il ragazzo lascia che le lacrime scorrano liberamente alla vista di quell'immagine che gli parla di un periodo spensierato; ancora una volta gli viene in mente la definizione che Bruno aveva dato di se stesso: *ramo secco*.
"Perché non l'ho capito? Perché l'ho respinto? Forse, oggi sarebbe ancora vivo."

Ma la vita va avanti e per Gianni ricominciano sia le lezioni all'università, con obbligo di frequenza, sia, naturalmente, lo studio a casa. Alcuni esami sono di ordine 'grafico', vale a dire che trattano lo svolgimento di un 'tema' annuale che comporta elaborati grafici di progettazione con relativa relazione tecnico-descrittiva. Questi ultimi sono gli esami ai quali Gianni si dedica con maggiore entusiasmo perché gli permettono di sfoderare quella dose di creatività che gli è congeniale.

Ripensa a tutte quelle volte in cui aveva cercato di spingere Bruno a studiare, a preparare almeno gli esami di 'composizione architettonica', di imparare ad usare il tecnigrafo.

Era un ragazzo dotato di notevole buon gusto, forse perché era sempre vissuto in mezzo a cose belle; lo aveva sorpreso varie volte a scarabocchiare prospettive immaginarie di progetti che aveva già sviluppato nella sua immaginazione. Partiva dall'effetto finale, come si fa generalmente per le scenografie, per ricavare la 'pianta' che avrebbe dovuto essere invece il primo passo della progettazione. Tutto era, però, sempre e soltanto abbozzato: non arrivava mai alla conclusione. Quella forma di incompletezza era evidentemente il suo modo di interpretare la vita. La 'conclusione', di qualsiasi cosa si trattasse, per lui forse rappresentava veramente la fine. E evidentemente la fine lo spaventava, forse perché la sentiva vicina.

Gianni sente ogni giorno di più la mancanza di Bruno. Anche se in effetti vivevano vite separate, c'era sempre la possibilità di parlarsi, di confidarsi, di scambiarsi delle idee. Era comunque una presenza, una compagnia.

Il vivere solo e l'autonomia che ne consegue hanno insegnato a Gianni come gestire la propria vita e, sebbene dedichi allo studio la maggior parte del tempo, non si nega, a volte, qualche momento di relax. In queste rare concessioni generalmente si reca al piano bar che preferisce, fra quelli dove era solito andare con Bruno: il *Blue Velvet*. Là gli è facile incontrare persone che gli erano state presentate dall'amico: coetanei, ma principalmente adulti con i quali si intrattiene preferibilmente. Gli capita sovente che una conversazione, iniziata davanti a un bicchiere di gin tonic con qualcuno, si concluda poi a casa di questi.

Ha imparato a uscire da queste esperienze senza il benché minimo coinvolgimento emotivo. Non desidera provare niente che possa impegnarlo sentimentalmente. Quando si accorge che da parte del compagno occasionale potrebbe esserci qualche cedimento sentimentale, si mette subito al riparo dichiarandosi come persona del tutto inaffidabile, molto incline a curiosità e a esperienze sempre nuove, perciò poco adatta a legami a lungo termine.

Alex viene chiamato in fabbrica dal padre affinché cominci a prendere contatto con quello che sarà il suo ruolo e comprendere quali saranno i suoi compiti.

"È un momento eccezionale per noi, questo" dice il signor Sartori rivolgendosi ai figli. "L'industria meccanica e l'industria tessile rendono i prodotti italiani, specialmente quelli riguardanti la moda, eccellenti per qualità e gusto. E noi dobbiamo trarne profitto. Tu e tuo fratello dovrete esplorare il mercato USA, fare ricerche accurate e, aiutati da un'abile campagna pubblicitaria - non dimenticate che si parla di pubblicità in casa di chi la pubblicità l'ha inventata - nonché da agenti abili e capaci, dovrete cominciare a fare conoscere i nostri prodotti. Tenete ben presente che la calzatura italiana, con quella inglese, è sempre stata all'avanguardia. Sfruttate questa base di partenza. La mia idea è quella di aprire un negozio di calzature in un bel rione di New York; perciò, una volta là, iniziate con il fare le ricerche adatte e, cominciando da quello, non mi dispiacerebbe affatto proseguire creando una catena di prodotti del CALZATURIFICIO ITALIANO SISTORI. Che ne dite?"

"Papà" interviene Guido, "hai idea di quanto verrà a costarci questo lavoro preparatorio, fra viaggi, alberghi e agenti capaci, come li chiami tu, spesati di tutto?"

"Certo che lo so. Non vi mando certo allo sbaraglio. Ho pronto il recapito di un ingegnere italiano: Roberti - tu, Alex, eri troppo piccolo quando frequentava la nostra casa - che vi indirizzerà verso i giusti canali. Lo sapevate che ha cominciato vendendo piastrelle italiane? Ora molte delle migliori case di New York hanno i bagni rivestiti con i suoi prodotti. La prossima settimana vi metterete in marcia. Io chiamerò Roberti stasera, quando là è pomeriggio, e gli esporrò i miei piani. Ho grandi idee per voi, ragazzi!"

Gianni supera gli esami con il consueto successo e a essi seguono, finalmente, le sospirate vacanze. Il giovane, pur provando ancora un senso di vuoto per l'assenza dell'amico, si è ripreso dal suo dolore e soprattutto dal suo senso di colpa. Va a trovare la madre di Bruno che lo accoglie in silenzio, senza piangere, ma con grande affetto. Il suo amante se ne è andato definitivamente. O meglio lei non se l'è più sentita di continuare una relazione alla quale attribuisce tutte le colpe di quanto è accaduto. Con una cospicua liquidazione ha risolto il problema.

Gianni le parla degli oggetti appartenuti al figlio. La donna lo ascolta con attenzione, poi gli si rivolge con quella dolcezza che era nata dal dolore e che Gianni aveva imparato a comprendere.

"Ti chiedo una grande cortesia, Gianni. È probabile che io debba venire a Roma, non so ancora quando, ma penso entro il prossimo mese. Vorrei sapere se potrai ospitarmi per qualche giorno."

Il giovane rimane sorpreso dalla richiesta e guarda la donna come per ricordarle il grande favore che LEI sta facendo a lui e che comunque la casa è sua. La donna intuisce quanto Gianni sta per dirle e lo ferma prima che lui possa aprire bocca.

"Ho capito quello che vuoi dirmi, ma la casa in questo momento è tua. Ripeto: sempre che tu non abbia problemi. Inoltre vorrei trovare tutto esattamente come Bruno lo ha lasciato. Lo farai?"

Gianni fa cenno di sì con il capo. È troppo confuso e scosso per parlare. Pensa che Giovanna sia una donna che ha sicuramente sbagliato, ma altrettanto sicuramente ora sta pagando a caro prezzo i suoi errori, ai quali cerca di porre rimedio agendo come se Bruno fosse presente per giudicarla.

Gli studi non tengono Gianni lontano dalla realtà che lo circonda. Leggendo il giornale ha l'impressione che l'umanità si stia avvicinando sempre più a quella che, quando era ragazzino, considerava pura fantasia. I Russi, dopo avere lanciato nello spazio il primo satellite artificiale, dopo quasi un mese ne lanciano un secondo, lo Sputnik II, questa volta con un essere vivente a bordo.

Gli Americani masticano amaro: Flash Gordon è stato superato da una cagnetta di origini incerte, di nome Laika. Ha inizio una gara affannosa fra i due Paesi più potenti del mondo a chi farà di più e più in fretta.

Dopo circa un mese dal suo ritorno a Roma, verso la fine di novembre, Gianni riceve una lettera da sua madre e già questo fatto lo mette in allarme: generalmente è il padre quello che scrive.

Apre la busta e trova un breve scritto con le solite raccomandazioni: come sta, se mangia a sufficienza, se ha bisogno di qualche cosa e tutte quelle raccomandazioni che la madre non cessa mai di fargli.

Poi, in chiusura, quasi per sminuirne l'importanza, gli comunica, come se le fosse venuto in mente in quel momento, che *"papà ha avuto un piccolo infarto per cui deve stare a riposo. Però, tesoro, non ti devi preoccupare. La crisi è superata e papà ora sta bene. Come ho detto, ha soltanto bisogno di riposo. Ti ho messo al corrente perché era doveroso che lo facessi, però ti prego di non preoccuparti. Qui, per il resto, va tutto bene. Sembra che Nicoletta abbia un fidanzatino. Mi sembra ancora così giovane. Forse dovrai parlarle. Un abbraccio dalla tua mamma. Papà e Nicoletta si uniscono a me."*

Gianni non crede neppure per un momento al tono volutamente leggero della lettera. Senza perdere un solo istante riempie una valigia e corre alla stazione dei pullman di Castro Pretorio.

La sera stessa si trova davanti alla porta di casa sua. Ha le chiavi ed entra silenziosamente. Poi, piano, chiama: "Mamma?"

La donna appare sulla soglia della cucina e, appena lo vede, si getta fra le sue braccia e lo stringe con disperazione. Le lacrime cadono sul suo volto sciupato, ma lei non emette un solo lamento.

Fa cenno al figlio di non parlare ed entra nella camera da letto per accertarsi che il marito sia sveglio. Giuseppe la guarda interrogativo.

"Giuseppe, c'è una visita per te. Però non devi agitarti."

"È Gianni, vero?"

Gianni, che era fuori della porta ad ascoltare, entra piano, e si rivolge al padre a bassa voce: "Sì, papà. Sono io. Ma che cosa mi combini? Io vengo a casa perché mi sono preso un giorno di vacanza da passare con i miei e dove ti trovo? A letto."

Si china sul padre per baciarlo, ma questi lo afferra e lo stringe forte a sé, quasi da togliergli il respiro.

"Figliolo caro, quanto mi sei mancato."

Gianni fa uno sforzo per nascondere le lacrime.

"Anche tu, papà. Tanto. Ora stai quieto, vado a disfare la valigia e poi torno da te."

Fuori della stanza il ragazzo si porta entrambe le mani, chiuse a pugno, alla bocca e piange disperatamente. Si chiude nel bagno per non farsi vedere neppure dalla madre. Si spoglia, entra nella doccia e resta sotto l'acqua fintanto che l'emozione non è passata. Rivestitosi passa dal padre, ma lo trova addormentato. Allora raggiunge la madre che lo attende in cucina, seduta al tavolo. Gianni si siede di fronte a lei e le prende la mano.

"Nicoletta?" domanda.

"Nicoletta è a casa di Tina a studiare. Resta a dormire là. Volevo chiamarla, ma poi ho pensato che è meglio che sia tu a farle la sorpresa domani mattina."

"Mamma, non tenermi in ansia. Che cosa è successo, esattamente?"

"Esattamente? Esattamente è che mentre lavorava in cantiere si è accasciato in terra all'improvviso. Il proprietario della ditta, il signor Guelfi, ha chiamato immediatamente l'ambulanza, che per fortuna è arrivata dopo pochi istanti, e lo hanno portato subito al pronto soccorso. Poi hanno chiamato noi a casa. Io e Nicoletta siamo corse all'ospedale. Dopo avergli fatto tutte le analisi del caso, il risultato è stato quello di infarto. Ma la cosa terribile è che dalle lastre risulta che lui ne aveva avuto un altro, meno violento, ma comunque, sai com'è, un infarto è sempre una cosa pericolosa, a rischio. Quello che mi ha fatto più male è che non ci ha mai detto niente."

"Mamma, è nella sua indole. Non voleva che vi preoccupaste."

"Sì, va bene, ma come lo ha superato, come si è curato? Capisci? E noi non ci siamo mai accorti di niente. Non riesco a darmi pace."

"Mamma, ora sta' tranquilla. Domani andrò a parlare con il medico e poi andrò in cantiere."

"Ah sì, il cantiere. Tu non sai quanto si sono prodigati tutti i suoi compagni di lavoro. E anche il Signor Guelfi. Si può dire che non c'è giorno che non telefoni. È anche venuto a trovarlo a casa."

Il giorno seguente Gianni va a parlare con il medico il quale, con termini più professionali conferma quanto gli ha già detto sua madre. Può darsi che il primo infarto sia sopravvenuto mentre dormiva, però è difficile che non se ne sia accorto. Se si fosse arrivati in tempo con quello, di sicuro oggi non si troverebbe in quelle condizioni che il primario non esita a definire critiche. Molto critiche, aggiunge. Gianni esce dallo studio medico con lo spirito a terra. Decide di andare in cantiere; al suo arrivo, gli operai che lo hanno visto entrare interrompono il loro lavoro e lo circondano chiedendo informazioni, dichiarando di contare sempre su di loro. Giuseppe non era un semplice compagno di lavoro, asseriscono, era un amico autentico, sempre pronto a farsi a pezzi pur di aiutare il prossimo.

Gianni sa che non sono frasi di circostanza quelle che ascolta. Papà era veramente così, anzi, si corregge, **è** veramente così.

Altrettanto affettuoso e toccante è l'incontro con il titolare della ditta. Gianni bussa alla porta dell'ufficio prima di entrare. Al vederlo il signor Guelfi si alza in piedi, gli allunga la mano e, quando afferra quella di Gianni, lo attira a sé per abbracciarlo.

"Credimi, Gianni, posso darti del tu, vero?" il giovane sorride. Ha gli occhi gonfi. "Tuo padre non era solo un magnifico capo-cantiere, una garanzia per tutti noi, ma un autentico amico. Tu non sai quante volte ha alzato la voce con me per farmi cambiare idea su soluzioni mie che poi si rivelavano del tutto sbagliate o più costose. Mi addolora quanto gli è successo e mi addolora il fatto che non potrò più averlo al mio fianco, ma ti prego di credermi: di qualunque cosa tu e la tua famiglia abbiate bisogno, io sono qui. Promesso?"

Gianni si trattiene un giorno più del previsto. Non se la sente di lasciare il padre in quello stato.

Il dovere, però, lo chiama a Roma, e questa volta riprende gli studi con lo stesso impegno di sempre ma anche con una sorta di disperazione. Ha fretta di finire.

Ha un brutto presentimento.

**1958**

I mesi sono passati velocemente. Gianni, perfettamente in regola con gli esami e con un'ottima media, sta già pensando alla tesi di laurea. Ha già deciso: un grosso complesso scolastico con alloggi per gli studenti. Ha consultato quasi ogni sezione degli uffici catastali per scegliere quella che secondo lui potrebbe rappresentare la collocazione più idonea, da un punto di vista urbanistico, per il suo progetto.

Il soggetto lo appassiona, e spesso resta sveglio di notte per portare avanti il lavoro di ricerca e abbozzare sulla carta quelle che sono alcune sue idee da sviluppare.

Vuole trovarsi avvantaggiato quando arriverà il momento in cui dovrà dedicarsi esclusivamente alla tesi.

Sta appunto abbozzando su della carta da schizzi alcune di queste idee, quando sente squillare il telefono. Sono appena le otto e trenta. Chi può essere a quell'ora?

"Pronto?"

"Gianni, sei tu?"

Non riesce a crederci: è Alex! La sorpresa è grande e il piacere di rivedere il vecchio amico ancora di più. Si danno appuntamento in un bar a Campo De' Fiori. L'abbraccio che si scambiano rivela un affetto mai sopito. Sono quasi due anni che non si vedono né si sentono. Alex ha viaggiato molto per conto della sua ditta.

"Da dove sbuchi?" domanda Gianni con la voce piena di gioia.

"Dagli Stati Uniti. A New York abbiamo appena inaugurato un negozio con la nostra produzione. Si chiama: CALZATURIFICIO ITALIANO SISTORI. Proprio così. Con l'insegna proprio in italiano! Gli affari vanno bene e le esportazioni all'estero alla grande, specialmente negli USA. Anzi, se ti viene in mente di fare un viaggetto là, ricordati che ho un appartamentino a New York pronto a ospitarti. Se poi hai l'amichetta, c'è posto anche per lei."

Dunque Alex non sa niente. D'altra parte come potrebbe? Non si vedono da tanto tempo. Forse è il momento di chiarire le cose anche con lui.

"L'invito è ugualmente valido se anziché un'amichetta sarà un amichetto?"

La domanda è diretta, priva di esitazioni. Meglio chiarire subito, pensa Gianni.

Alex lo fissa stralunato, poi si scuote.

"Scusa non volevo metterti in imbarazzo, ma questa proprio non me l'aspettavo. Amichetta o amichetto per me non fa alcuna differenza, soltanto che nessuno avrebbe mai potuto immaginare questa tua scelta. Non ne hai il fisico né gli atteggiamenti e meno che mai l'aspetto. Penso che con questa tua decisione tu abbia spezzato il cuore a parecchie ragazze. Come... quando hai deciso di fare questo passo? C'è già un *qualcuno*?"

"No, per lo meno non ancora. Era solo per introdurre il discorso, che, in realtà, sarebbe molto lungo. Diciamo che la mia è stata una presa di coscienza. Vedi, Alex, noi in provincia, ma non solo in provincia, pensiamo che l'omosessuale sia nella maggior parte dei casi un corruttore e, nel migliore dei casi, un individuo dall'aspetto e dai modi femminili, un individuo che, magari in privato, ama indossare boa di struzzo e tacchi a spillo. Non è così. Non nella maggioranza dei casi, almeno. E ti assicuro che io sono fra questi. L'omosessuale è un individuo che è attratto da persone del suo stesso sesso e, preferibilmente, almeno da parte mia, non effeminate, proprio perché è attratto dal suo stesso sesso. Voglio dire che se io vado con un uomo è perché questi mi piace come uomo, senza per questo voler rinunciare a, come dire? Alla mia natura anatomica che mi va bene così com'è. Capisci?"

"Sì, credo di sì" risponde Alex.

"Non hai idea di quanti uomini insospettabili che vedi passare qui davanti a noi, anche ora, mentre ci prendiamo il caffè, sono omosessuali, e questi sono fra i più infelici, perché molti di loro sono sposati con figli e vivono nel terrore di essere scoperti dai familiari. Alex, credimi, conosco delle persone, delle coppie omosessuali, che vivono nel più assoluto decoro la loro realtà; vivono insieme, fanno progetti di vita insieme, pagano regolarmente le tasse, eppure si sentono come dei clandestini. Perché? Perché gli altri non devono sapere! Quando, tanto per farti un esempio, io mi reco in un locale per incontrarmi con qualcuno con il quale passerò la notte, non faccio niente di diverso da quello che facemmo noi - ricordi? - quando andammo in Via Dei Due

Leoni. Con la differenza che questa volta non devo pagare e con la differenza, ancora più importante, che sia io che il mio amico occasionale siamo con-sen-zien-ti. Nell'altro caso, piaccia o non piaccia, la ragazza DEVE accettare il cliente che l'ha scelta. Ora Alex, onestamente, secondo te, quale delle due cose offende di più la morale? Comunque questa è la realtà delle cose, almeno come si presenta oggi. Noi oggi siamo considerati o degli amorali o dei malati. A te la scelta."

"Ti ringrazio per esserti aperto con me, Gianni. Non avevo mai pensato all'omosessualità in questi termini. Hai detto cose molto amare che fanno pensare. Ma torniamo a te. Che cosa pensi di fare una volta che ti sarai laureato?"

"Penso che mi stabilirò qui a Roma, anche se non sono restio a fare esperienze all'estero. Esperienze di lavoro, intendo."

Alex scoppia a ridere, divertito. "Però se ci sono anche le altre…"

"Certo! Ben vengano. Ma tu, piuttosto? Tu che cosa mi racconti?"

"Beh, come ti ho accennato, lavoro a tempo pieno per papà, faccio l'aiuto consulente legale, anche se non posso firmare niente, perché non sono ancora laureato e viaggio quasi sempre con mio fratello per i contatti di lavoro all'estero. Ma la cosa importante è un'altra." Alex fa una breve pausa. "Mi sposo!"

"Dai, non è possibile. No, non ci credo! Proprio tu. E lei chi è? La conosco?"

"Sì certo. È Daniela. La frequentavamo soprattutto al mare."

"Sì, altroché se me la ricordo. Era un incanto di ragazza."

"E lo è ancora. Vorrei sposarla prima che… si veda troppo."

"Vuoi dire che…?"

"Proprio così. Sarà una cerimonia semplice con presenti solo le persone care. Si dà il caso che tu sia fra queste. Mi faresti da testimonio? Ci terrei molto, credimi. Anche se ci siamo persi un po' di vista, ti ho sempre pensato molto. **Vi** ho sempre pensati molto" si corregge.

Gianni capisce a chi allude e per un attimo l'atmosfera si fa triste.

Si lasciano con la promessa di vedersi il giorno del matrimonio, il mese prossimo.

"Non dimenticare le fedi" gli grida Alex dal finestrino dell'auto.

Gianni annuisce. Poi all'improvviso: "Come si fa per le misure?" gli urla dietro, ma Alex è già sfrecciato via. Beh, avrà modo di farsi consigliare da qualcuno, pensa.

È felice di avere rivisto l'amico; è felice di essersi confidato con lui ed è ancor più felice della reazione che Alex ha avuto ascoltando la sua confessione.

Il matrimonio di Alex e Daniela non è sfarzoso come tutti immaginavano che sarebbe stato, data la posizione sociale delle due famiglie.
I due sembrano usciti da una rivista cinematografica e mettono in ombra tutte le coppie più famose che in quel mese di settembre appaiono sui rotocalchi.
Dopo pranzo gli sposi aprono le danze e presto la piattaforma, allestita a questo scopo nel giardino della villa, si riempie di coppie, accompagnate dalle voci dei cantanti più popolari del momento, primeggiate da Frank Sinatra con la sua *All The Way.*
Gianni gira per il giardino immerso nei suoi pensieri e si ferma sull'orlo della piscina che è piena, nonostante la temperatura e l'ora non consentano di bagnarsi.
Fissa l'acqua leggermente increspata da una brezzolina gradevolissima.
Pensa ad Alex e a come tutto, nella sua vita, sia stato estremamente facile.
Non è assolutamente invidia quella che prova. Pensa soltanto a come il destino - o chi per lui - abbia deciso in modo così drasticamente diverso per ognuno di loro. Pensa a Bruno e pensa a se stesso.
Tre vite totalmente diverse. Una di esse troncata crudelmente anzitempo.
È contento di essersi confidato con l'amico, quando si sono incontrati a Campo De' Fiori a Roma.
Si sente più leggero, come liberato da un peso. Ma con quante altre persone dovrà confidarsi per sentirsi totalmente, finalmente libero? E quante, fra queste, saranno disposte ad accettarlo?
A volte, quando gli capita di passare la serata al *Blue Velvet* e si intrattiene a parlare con alcune delle persone che ha conosciuto, anche grazie a Bruno, si sorprende a studiarle attentamente, ma non gli sembra di vederle molto angosciate per la realtà che stanno vivendo. Alcune di loro, che vivono liberamente in coppia, gli hanno confidato che, superati i primi momenti di imbarazzo con i coinquilini, per il resto tutto è filato sempre molto liscio. Non hanno mai notato né atteggiamenti ostili né pregiudizi. Tutt'al più, agli occhi di qualcuno, passano semplicemente per *quella coppia.*
Forse i legacci della *morale comune* cominciano ad allentarsi.

Seguendo il filo dei suoi pensieri si chiede se si sentirebbe capace di accettare l'idea di essere considerato *uno di quei due*. Forse sì, nel caso fosse innamorato e avesse deciso di convivere... ma è possibile l'amore fra due omosessuali?

Ripensa ad alcune sere prima, quando è stato a casa di uno degli amici del *Blue Velvet*, Andrea. Hanno passato la notte insieme, sono stati bene, si sono divertiti, ma tutto qui. Niente di particolarmente coinvolgente. Andrea è un bel ragazzo, è pulito e questo è quanto Gianni chiede. Niente di più.

E molto probabilmente sono le stesse cose che vuole anche Andrea. Non sente l'ansia, il bisogno di rivederlo. Se capiterà ancora l'occasione e se avranno entrambi voglia di stare di nuovo insieme, lo faranno. Punto. Tutto deve avvenire decisamente nel modo più semplice, nel modo più comodo.

Sicuramente questo non è amore.

E con il lavoro? Quando e se troverà un lavoro, come dovrà comportarsi? Certo, non lo sbandiererebbe ai quattro venti, ma se il suo capo o i suoi colleghi lo venissero a sapere? Che cosa farebbero? Che cosa farebbe lui? Sa bene che, per come si presenta, è al di là di ogni sospetto. Ma, a volte, le risposte date a domande ben centrate potrebbero suscitare insinuazioni maliziose.

\- *'Come mai un ragazzo come te non è ancora fidanzato?'* Oppure:

\- *'Ma tu ce l'hai la ragazza?'*

\- *'Sì, ma vive ad A.'*

\- *'E non viene mai a trovarti a Roma?'*

\- *'No, perché i suoi non glielo consentono. Vado io a trovarla.'*

E così di seguito. Un incubo. È questo ciò a cui va incontro?

Cosa ci può essere di male in una convivenza, quando è decorosa? Pensa. Non si dà scandalo soltanto perché si è omosessuali. Lo scandalo vero si ha proprio quando in seno a certe famiglie cosiddette per bene SI SA che avvengono atti ignobili, così come avvengono in certi collegi, in certi seminari, nelle caserme. Ma tutto questo viene messo subito a tacere. Questo sì che è scandaloso.

Se sei omosessuale sei marchiato per tutta la vita.

È proprio vero: la moralità non è un valore assoluto. Varia con i luoghi e con i tempi, ma soprattutto con pregiudizi che acquistano il valore di formule dogmatiche. In Italia la moralità è un valore subordinato ai concetti che la Chiesa si porta dietro da secoli, al suo dogmatismo intransigente e agli anatemi lanciati contro la società odierna *mai come ora incline all'immoralità!* Sembra non rendersi conto, con tutta la sua saggezza, che i fatti contro i quali si scaglia sono sempre esistiti, con la differenza che ora è quasi impossibile tenerli nascosti.

La sessualità, continua a pensare Gianni, non dovrebbe essere concepita soltanto a scopi procreativi o, peggio ancora, come un tabù.

La sessualità, purché non degeneri in violenza, deve essere vista come un'espressione della gioia di vivere, dello stare insieme perché ci piacciamo, perché ci amiamo ed è per questo che anche l'omosessualità dovrebbe rientrare in questo aspetto della vita.

I suoi pensieri sono interrotti dalla consapevolezza di non essere solo.

"Ciao, Gianni."

Il ragazzo volge il capo. "Francesca!" esclama, "Non pensavo di trovarti qui."

"Beh, se tu sei amico dello sposo, io sono amica della sposa. Non vedo che cosa c'è di strano" ribatte un po'risentita. Il suo noto caratteraccio ha già fatto capolino.

"No, non volevo dire questo. Il fatto è..."

"Il fatto è" continua Francesca al posto del giovane, "che, dal momento che non ti ricordavi di me, è stata una sorpresa vedermi qui."

Gianni non replica. In effetti le cose stavano proprio così: Francesca era soltanto un vago ricordo.

"Stai molto bene" cerca di rimediare, "sei diventata più bella."

"Anche tu sei cambiato. Hai il volto più maturo rispetto all'ultima volta che ci siamo visti. Eppure sono passati soltanto due anni o giù di lì."

"Sì, è vero: soltanto due anni. Tutto sembra così lontano. Forse è perché in questo periodo sono cambiate tante cose, almeno per me. Nuovo tipo di studi, nuovo tipo di vita..."

"Già. Soltanto qui non cambia mai niente."

"Allora se qui non cambia niente, cerca di cambiare tu. È un po' come la faccenda di Maometto e la montagna, sai. È più semplice di quanto tu non pensi. Che facoltà hai scelto?"

"Ma quale facoltà. Non ho scelto niente. Non mi va di studiare più di quello che ho già fatto."

"Ma qualcosa dovrai pur fare, altrimenti non è la cittadina che non cambia mai, ma sei tu."

"Sei diventato più acuto, più pungente. Dai, andiamo a ballare."

"Va bene. A tuo rischio e pericolo, però."

Nell'aria si diffondono le note di *An Affair To Remember*. Il massimo. Francesca appoggia la testa sul petto di Gianni. Si stringe a lui, aderendo quanto più può al suo corpo. A Gianni torna in mente l'episodio della spiaggia. Questa volta è diverso, però. Si sente più sicuro. China il capo verso quello di Francesca, mentre la ragazza solleva il suo. Si baciano. È evidente, da come si muove contro di lui, che la ragazza vuole di più. Gianni capisce che questa volta non può sottrarsi. Alla fine del ballo, Francesca lo prende per mano e lo conduce sul retro della casa, dove si aprono gli ambienti di servizio. Entrano nel garage e si rifugiano all'interno dell'Alfa Romeo di Alex. Francesca cerca di toccare Gianni, ma questi, fingendo un atto di tenerezza, le prende la mano, si sbottona la camicia e gliela posa sul suo torace. Nel frattempo fruga sotto la gonna della ragazza e indugia fintanto che sente il sangue affluire al suo pene. A quel punto permette alla ragazza di sedersi sopra di lui. Prega che non sia vergine. Non lo è. Alla fine, rimangono entrambi allacciati, ansimanti.

Gianni è il primo a divincolarsi. Bacia la ragazza, dicendole: "Ci vediamo tra un po'." Conosce bene la casa di Alex: c'è un'entrata anche dal garage. Si avvia verso il bagno degli ospiti a pianterreno. Si spoglia e si sciacqua fino a far sparire l'afrore di sesso che si sente addosso. Si guarda allo specchio. Il volto è accaldato, sudato.

Tutto è accaduto quasi senza che se ne rendesse conto. Cede a un sentimento di vanità: *'Sei stato bravo. Non pensavo che ce l'avresti fatta. Ora viene il difficile. Che cosa pensi di fare con Francesca?'*

La ragazza lo attende vicino al buffet degli aperitivi. Non c'è niente in lei che riveli quanto è accaduto fra loro due. Appena lo scorge gli si fa incontro sorridendo. Gianni si rivolge al cameriere e chiede a Francesca che cosa preferisce. Lei gli mostra il flute con prosecco che ha già in mano.

"Un prosecco anche per me" ordina Gianni. Non sa che cosa dire. Se dipendesse da lui, si allontanerebbe salutando la ragazza con un semplice 'grazie'. Ma sa che non è così che deve comportarsi. Dov'è finita la sua sensibilità, la sua gentilezza? Si chiede. Roma lo ha tanto cambiato in così breve tempo?

"Beh, ragazzi, vi divertite?" è Alex che si è avvicinato con Daniela. Le due ragazze si mettono subito a parlare. Francesca fa scorrere gentilmente le mani sul vestito di Daniela, soffermandosi su ricami squisitamente eseguiti. Ci tiene a sottolineare che l'abito è stato confezionato nella boutique di sua madre.

Alex e Gianni si allontanano parlando fra di loro. Alex ha notato il comportamento di Francesca durante il ballo e ha notato anche quello di Gianni. Non capisce, è naturale. È curioso, si vede. Gianni intuisce che vorrebbe fargli delle domande. Lo precede.

"Temo di essermi messo in un bel guaio."

"Credo di capire quello che vuoi dire. Se è così, frena subito finché sei in tempo." suggerisce Alex. "Francesca non è nota per avere un buon carattere. A meno che, naturalmente, tu non voglia andare avanti con lei."

"Macché avanti" risponde Gianni con foga. "Non so neanche io perché l'ho fatto."

In quel mentre i loro discorsi vengono interrotti da Daniela e Francesca.

"Ragazzi, andiamo a farci una foto noi quattro, ma prima andiamo a brindare alla salute di tutti noi" suggerisce Daniela. "Anzi, facciamoci una foto insieme mentre brindiamo."


Gianni e Francesca decidono di frequentarsi fintanto che il giovane si tratterrà in città. Poi si vedrà. Tutto sembra filare secondo gli schemi, ma non per lui. Ha ceduto stupidamente in un momento di banale romanticismo, ma sa benissimo che non è questo ciò che vuole. Forse ha voluto semplicemente mettersi alla prova. L'ha superata? Bravo! E adesso?

Gli tornano in mente le parole della ragazza di via Dei Due Leoni: '*...non senti la donna*'. C'è poco da mettersi alla prova: la realtà è quella che è.

Bruno aveva definito quella di allora *'un'esperienza'* e tale è stata per lui anche questa volta: un'esperienza. Niente di più. Non può neanche definire Francesca una cara amica. Non può definirla neppure amica. È stata solo di passaggio nella sua vita. Ora non sa che fare.

Sa per certo di non esserne assolutamente innamorato e pertanto non vuole giocare con i sentimenti di lei che invece gli sembrano sinceri o, se non si tratta proprio di sentimenti, è sicuramente una forma di interesse che lui, altrettanto sicuramente, non prova verso di lei. Se avesse parlato chiaro sin dall'inizio, al matrimonio di Alex e Daniela, se le avesse confidato tutto di sé, ora non si troverebbe in questa situazione.

Aprendosi totalmente con lei, non avrebbe compromesso nulla a cui tenesse particolarmente. Probabilmente, riflette, ci sarebbe stata qualche ritorsione da parte di Francesca, nel senso che avrebbe potuto vendicarsi parlandone in giro, questo sì, era possibile. Però, pensandoci bene, la cosa non lo avrebbe turbato molto, perché se le cose fossero andate veramente in questo modo, non avrebbe più avuto bisogno di nascondersi dietro a una maschera che sentiva decisamente scomoda.

Fra pochi giorni dovrà tornare a Roma per proseguire con gli esami.

Questa prospettiva lo tranquillizza. Lontano dalla presenza costante della ragazza potrà decidere quale sarà il modo migliore per lasciarla. Perché è assolutamente questo ciò che vuol fare. Lasciarla. O, meglio ancora, volendo agire da gentiluomo, fare in modo che sia lei a credere di lasciare lui.

Francesca lo accompagna alla stazione.

"Quando pensi di tornare?" domanda.

"Non so proprio dirtelo. Dipende dagli appelli. Ti scriverò."

Il treno si sta muovendo. Un rapido bacio e poi gli inevitabili saluti dal finestrino.

Gianni si aggira per via Veneto, approfittando della magnifica giornata di quell'inizio novembre che sembra un proseguimento di quelle giornate che generalmente caratterizzano le celebri *ottobrate romane*. Passando davanti a una delle edicole nelle quali si possono trovare le migliori testate estere, in particolare americane, vede su una di esse una bella immagine del nuovo Papa che si è appena insediato sul Soglio Pontificio fino a pochi giorni fa occupato da Papa Pio XII, morto il 9 ottobre dopo una lunga agonia. La rivista è il The Art And Costume Journal. Dopo aver pagato, Gianni si ferma accanto all'edicola e sfoglia le pagine fino a che arriva all'articolo annunciato dalla copertina. Il servizio si apre con una bella fotografia a colori del nuovo Papa, Giovanni XXIII. Scorre rapidamente l'articolo per poi tornare in particolare sull'apertura e sulla chiusura del testo.

*Il 28 ottobre finalmente, dopo tre lunghi giorni di attesa, i Cattolici di tutto il mondo hanno il loro nuovo Papa, il cui vero nome è Angelo Roncalli. Per la storia: Giovanni XXIII. Alle 18,15, un'ora esatta dopo la tanto attesa fumata bianca, appare alla folla, gremita nella Piazza San Pietro, per impartire la benedizione Urbi et Orbi. Piace subito. Piace*

*per il suo modo diretto e semplice di rivolgersi alla gente, in particolare ai bambini ai quali si presenta come un nonno affettuoso. [...] Forse la Chiesa, con questo papa, ha un autentico pastore che prega, che lavora per la gente e che non la confonde, rivolgendosi ad essa, con difficili intellettualismi che servirebbero soltanto, invece, ad allontanarla. Figlio di poveri agricoltori, conosce il linguaggio giusto, quello dei semplici, il più diretto per conoscere l'animo umano. Inoltre, l'avere viaggiato molto e l'avere conosciuto molte genti, ha fatto di lui una persona abile e agguerrita, e l'errore più grande che si potrebbe fare su di lui sarebbe quello di attribuire al suo aspetto bonario un carattere debole, indeciso, remissivo. La Chiesa non può che rallegrarsi della sua scelta.*
*La stupirà, ne sono certo.*
**Ci** *stupirà.*
Il testo e le foto sono di Jay Barrett, legge Gianni.


Per le vacanze di Natale torna ad A. per pochi giorni, tanto per riabbracciare i suoi e per affrontare con Nicoletta il discorso sul suo *fidanzatino*.
"Bene, bene" esordisce Gianni un po'imbarazzato. "Che ne diresti, sorellina, se parlassimo un po'del tuo fidanzatino?"
"Con molto piacere, fratellino" replica Nicoletta imitando il tono ironico del fratello. "Innanzitutto il termine *fidanzatino* è del tutto inappropriato: è alto quanto te ed è anche piuttosto robusto. Ha otto anni più di me ed è già un avvocato molto stimato. Mi ha già presentata ai suoi genitori, che sono due tesori. Ha già conosciuto mamma e aspettavamo te per chiudere il cerchio delle presentazioni. Ha conosciuto anche papà quando era ricoverato in ospedale e sembrava che stesse riprendendosi. Mi sembra che gli sia piaciuto, vero mamma?"
"Sì, molto" Virginia si volge verso il figlio. "È veramente un caro ragazzo. Pensavamo di farti una sorpresa accogliendoti con una festa di fidanzamento ufficiale, ma le cose sono andate diversamente, purtroppo."
Gianni si avvicina alla madre e le circonda le spalle con il braccio.
"Beh, che altro si può dire, Nicoletta? Se tu sei felice, noi tutti lo siamo per te e con te."
Poi, cercando di rompere l'atmosfera di malinconia che si era creata ricordando il padre, si rivolge ancora alla sorella: "Non vorrei essere indiscreto, ma mi sembra che tu ti sia dimenticata di dirmi qualche cosa."

"Io? No, non mi sembra" replica la ragazza stupita. "Che altro dovevo dire?"
"Ah, niente, bazzeccole. Soltanto il suo nome."
Nicoletta si porta, ridendo, la mano alla fronte. "È vero! Che scema. Roberto. Si chiama Roberto Giorgini."

Gianni non può evitare di incontrarsi con Francesca. La ragazza percepisce il disagio del giovane ma, come sempre, aspetta, in orgoglioso silenzio, che sia lui ad aprirsi, perché comprende che se c'è un problema questo è tutto suo e quindi è lui che deve parlare, spiegare. Lei si limita a essere corretta e moderatamente espansiva. Durante la vigilia di Natale gli annuncia, con un certo distacco, che passerà le vacanze in montagna con i suoi e che ritornerà dopo l'Epifania. Si salutano molto formalmente e Gianni esulta intimamente perché per quella data lui sarà già a Roma dove lo attende la preparazione di Scienza delle Costruzioni, un esame che lo impegnerà totalmente, sia con lo studio a casa che con la frequentazione delle lezioni all'università.

# 1959

Gianni impiega il suo tempo preparandosi per quello che forse è l'esame più duro di tutto il corso e, nello stesso tempo, annotando tutto quanto potrà essergli utile per la tesi di laurea. Non è raro che si senta costretto a rifiutare gli inviti che riceve dagli amici ed è alquanto difficile, in questo periodo, vederlo nel bar da lui abitualmente frequentato. Quando lo fa, è perché ha uno scopo ben preciso.

Lungo il tragitto che va da Piazza Farnese a Trastevere, dove c'è il locale al quale è diretto, nota il via vai di *passeggiatrici* sul Lungotevere.

*'È vero'* ricorda, *'i casini sono stati chiusi e con la loro chiusura si è aperta la libera professione per le lavoratrici dell'amore. Ma al controllo sanitario chi ci pensa?'*

Prosegue la sua passeggiata fino a che raggiunge il *Blue Velvet*. È già pieno di ragazzi e anche di uomini in là con gli anni. Si ferma al banco e ordina un gin tonic. Si sofferma a parlare con il barista, Carlo.

"Che succede, Carlo? Non ho mai visto tanta gente a quest'ora."

"E non è neppure un fine settimana. È un gruppo di turisti olandesi in gita. Fortuna che c'è Juan a darmi una mano."

"Chi è Juan?" indaga Gianni.

"È l'amico del proprietario. Non te lo ricordi?"

"No. Penso proprio di non averlo mai visto. È da un po' che manco."

"È vero. Che t'è successo?"

"Niente di grave. Sto studiando come un forsennato, però stasera non ce la facevo più."

"Hai fatto bene. Ogni tanto qualche tiro fa bene al fucile. Adesso che mi ricordo ti ha cercato spesso Andrea. Deve essere qui intorno. Va' un po' in giro, forse lo trovi che *batte* da qualche parte."

Gianni prende il bicchiere di gin tonic e comincia a farsi largo fra la gente. Ogni tanto sente qualche mano estranea azzardare una carezza ma, quando si gira per vedere chi può essere stato, si trova di fronte soltanto dei visi indifferenti: potrebbe essere stato chiunque. Seguita a girare per la sala gremita, scrutando la folla alla ricerca di Andrea.

Questa volta la mano che lo tocca è più decisa e insistente. Si volta e vede Andrea davanti che gli sorride giovialmente. Si scambiano un bacio sulle guance.

"Chi si rivede. È da un po' che non ti fai vivo. Dove eri sparito?" fa Andrea.

"Sto preparando gli esami e sto quasi sempre a casa."

"Ti fermi un po' oppure te ne ritorni subito ai tuoi libri?"

Gianni sorride all'allusione. "No, mi fermo un po'."

"Allora possiamo bere qualcosa e poi, magari, andare a casa mia. Ti va, come idea?"

"Dico che è proprio quello che mi ci vuole. Vado a salutare degli amici che ho visto a quel tavolo e poi possiamo andare."

È strano, pensa Gianni tornandosene a casa dopo la notte passata in compagnia, come Roma lo abbia cambiato. Sa che un incontro, avvenuto in un locale pubblico, come quello avuto con Andrea, non avrebbe mai potuto verificarsi nella sua cittadina. Oltre a ciò, è cambiato anche il suo atteggiamento verso quello che è ancora considerato 'peccato'.

Gianni è, per tradizione, cattolico. Un po' tiepido, ma onesto. Si chiede se oggi sarebbe disposto a confessare l'atto appena compiuto.

Non è tanto l'idea della confessione in sé e per sé che lo farebbe esitare, quanto il dover pronunciare quella frase contenuta nell'Atto di Contrizione "...e propongo di fuggirne le occasioni." Con quale sfrontatezza o, più esattamente, con quale coraggio potrebbe fare un proponimento che sa già di non voler mantenere? Non solo questo, ma sa già che, pensandola in questo modo, si avvicinerebbe al sacramento privo di quell'elemento che è indispensabile per l'assoluzione: il pentimento.

E Gianni non sente il pentimento per il semplice fatto che ora l'idea del 'peccato' non lo turba più. Sa che sta seguendo, semplicemente, un cammino già tracciato per lui da quando è nato e di cui non si sente in nessun modo responsabile o colpevole.

Non è facile definirlo, ma forse il peccato nasce nel momento stesso in cui si punta un dito impietoso verso il prossimo. Ma allora, sempre forse, il peccato è già nell'animo di chi accusa, nell'intransigenza, nell'incapacità di comprendere.

Gianni vede il mondo cambiare intorno a sé. Lo vede nei libri, nei film, nella pubblicità, nella cultura in generale. In settembre il Lunik II *atterra* sulla luna con una strabiliante precisione cronometrica. Più che un atterraggio è stato un autentico capitombolo, dicono le cronache, ma ciò non sminuisce il valore dell'impresa.

Nelle famiglie sono sempre più comuni gli elettrodomestici e, non ultima, l'automobile: la 500! Finalmente gli Italiani vanno in macchina!
Tutto sta cambiando, evolvendosi. I riferimenti alla nudità, al sesso, sono sempre più frequenti sebbene moderatamente insinuanti. Non sono più le bellissime modelle nelle pubblicità di Boccasile o le gioiose donnine di Barbara, il vignettista, a turbare i censori. Anche i manifesti cinematografici sono, a loro modo, espliciti, quando si riferiscono alle forme delle attrici, e, di conseguenza, oggetto di una campagna moralistica che degenera molto spesso nel ridicolo. Capita spesso, invece, che alcuni manifesti pubblicitari non siano compresi, per fortuna, dai bacchettoni della censura, quando il loro significato è meno evidente, più sottile.
Un esempio, per Gianni, è il magnifico manifesto del magnifico 'Hiroshima, Mon Amour'. Un'autentica opera d'arte: una schiena nuda, maschile, sui cui lati, all'altezza delle scapole, si posano due mani, evidentemente femminili, non si sa bene se per accarezzare o graffiare. Il tutto in bianco e nero, come il film. Un miracolo di buon gusto, nel suo significato. Stupendo! Durante una pausa per il caffè sente squillare il telefono. Corre a rispondere e ha la grande sorpresa di riconoscere la signora Giovanna.
"Ciao, Gianni. Ti disturbo?"
"Signora Giovanna, ma che cosa dice. Che cosa posso fare per lei?"
"Domani dovrei venire a Roma per sistemare alcuni piccoli impegni e pensavo di restare un paio di giorni. Ti dispiace se mi fermo da te?"
"Signora, lei non deve chiedermi queste cose, la prego. Anzi facciamo così. Io le darò una copia delle chiavi, e quando lei deciderà di venire a Roma non avrà nessun bisogno di avvertirmi prima. Come arriverà? In treno o in macchina?"

"No, caro. La macchina non la uso più da tempo. Verrò in treno, in mattinata."

Gianni le chiede l'orario, così andrà a prenderla alla stazione.

La vede scendere dalla carrozza con esitazione e guardarsi attorno con aria smarrita. Il ragazzo le corre incontro e l'abbraccia con un po' di timidezza. Lei lo guarda con dolcezza e gli passa la mano sulla guancia, senza dire nulla. Sono entrambi troppo commossi e qualunque parola pronunciata potrebbe rompere le dighe del loro pudore. Gianni prende la valigia e si avviano verso i taxi.

Entrati in casa, Gianni l'accompagna verso la stanza che era stata di Bruno. Le apre la porta, la fa entrare e si allontana discretamente per rispettare quel momento di profonda intimità.

Mentre sta preparando il caffè, pensa al cambiamento subìto dalla donna. Era sempre stata una donna bellissima, elegante, di gran classe. Dicevano che somigliasse all'attrice Eleonora Rossi Drago. Ora è una donna la cui bellezza si è opacizzata, pur restando sempre una signora elegante e affascinante. I capelli si sono imbiancati, ma la pettinatura è sempre molto ordinata.

Sente dei passi; volge il capo e la vede sulla soglia. Gli occhi non sono arrossati, come pensava li avrebbe trovati, ma conservano un'ombra indelebile di dolore.

"Nel pomeriggio ho un appuntamento con il mio notaio."

"Non c'è alcun problema. Chiamiamo un taxi e l'accompagno."

"No, caro. Non è necessario che tu lo faccia, anche perché non so quanto tempo mi prenderà. Sai invece che cosa facciamo? Noi due andiamo a pranzo in qualche ristorante qui vicino, rientriamo il tempo per concedermi un pisolino e poi, alle 15, 30 mi alzo, mi preparo e chiamo un taxi."

"Come crede. Però sia ben chiaro che l'aspetto per cena."


Gianni, frequentando gli amici di Bruno, tutti cuochi eccellenti, aveva imparato a destreggiarsi bene con i fornelli e comunque stava sempre attento a non abbondare con condimenti e con le spezie, anche se non sapeva resistere di fronte al peperoncino.

"Complimenti. Tutto veramente ottimo" commenta Giovanna alla fine del pranzo, mentre il ragazzo prepara la moka. Si alzano e vanno a sedersi in salotto. Gianni serve il caffè alla donna e prende una tazzina anche per sè.

"Mi fa bene stare con te, Gianni. Sei una persona molto matura e dolce al tempo stesso. Penso che Bruno ti volesse molto bene anche per questa tua dote. So che sei stato un ottimo amico per lui. Direi un amico fraterno. Lo capivo dal modo in cui parlava di te quelle rarissime volte in cui mi rivolgeva la parola. Il mio rimorso e il mio dolore vanno di pari passo e so che non posso più fare niente per lui, ma so per certo che posso fare una cosa che a lui avrebbe fatto molto piacere" fa una breve pausa, poi riprende. "Ho dato disposizioni al mio notaio perché questa casa rimanga a te."

Gianni posa la tazzina e guarda fisso la donna: teme di non avere compreso bene. Vorrebbe dire qualcosa, ma lei lo interrompe.

"No, aspetta. Non è semplice riconoscenza, Gianni. Ciò che mi ha spinto a prendere questa decisione è soprattutto la consapevolezza che, restandoci tu, è come se rimanesse intatto il suo ricordo. Ti prego, non opporti. È una cosa che fa più bene a me che a te."

"Sono sbalordito, senza parole. Non so che cosa dire e invece vorrei dire tante cose."

La signora parte il giorno seguente, e Gianni l'accompagna alla stazione. Il ragazzo è ancora sbalordito per la decisione della donna e non riesce a trovare parole adeguate se non il ripetere che... non ha parole.

"E così deve essere" commenta Giovanna. "Il mio non è stato né un gesto di gratitudine né un gesto di generosità. Ho voluto manifestarti soltanto il grande affetto che provo per te ed è così che lo devi considerare."

Il treno sta per partire. Lui è quasi bloccato dall'imbarazzo, ma la donna lo abbraccia con trasporto, sussurrandogli: "Mi sei tanto caro, tanto."

Gianni si avvia verso l'uscita della stazione Termini ancora in preda alla confusione: ha una casa. Una casa tutta sua. Sebbene si renda conto delle tristi circostanze che hanno reso possibile questo fatto, non può fare a meno di sentirsi felice. Non vede l'ora di poterlo raccontare in famiglia.

Le notizie che Gianni riceve sulla salute del padre lo preoccupano: teme che la madre non gli dica tutta la verità. Decide di tornare a casa per rendersi conto delle sue reali condizioni. La vista del genitore lo sconvolge. È un uomo malato e si vede. Gianni teme il peggio da un momento all'altro ed è preoccupato per la madre, destinata a rimanere senza l'uomo che non ha mai cessato di amare.

Le ore che trascorre con il padre confermano i suoi timori: si rende conto che le condizioni del genitore non lasciano adito a nessuna speranza. Non ha più energia, non riesce più neanche a sorridere.

Quando si siede a tavola con la madre, decide di affrontare il discorso dell'appartamento cedutogli dalla mamma di Bruno.

"Mamma, devo dirti una cosa che forse ti sbalordirà un po', così come ha sbalordito me." Il giovane tira un lungo respiro, poi continua. "Tu sai che la mamma di Bruno, dopo la morte del figlio, mi ha offerto la possibilità di restare nella casa di Roma che occupavamo noi due. Bene, ogni tanto la signora Giovanna ha bisogno di scendere nella Capitale per vedersi con il suo amministratore e, naturalmente, pernotta nella stanza che era del figlio. È venuta anche recentemente, sempre per discutere delle sue proprietà con il suo amministratore. Rientrata a casa ha voluto parlarmi, per ringraziarmi per tutto quello che, secondo lei, ho fatto per Bruno, del sentimento di amicizia che il figlio nutriva per me e così via. Insomma, per farla breve, i suoi appuntamenti con l'amministratore, che è anche notaio, erano guidati dal fine di, mamma non svenire, cedere a me la casa".

La signora Virginia guarda sbalordita il figlio. Lo fissa come se, da un momento all'altro, si aspettasse di sentirsi dire che è tutto uno scherzo.

"Stai scherzando?"

"No, mamma, non sto scherzando."

"Sono senza parole. Non so che cosa dire, che cosa fare. C'è almeno qualcosa che posso fare?"

"Mamma tu, in questo momento, non devi fare proprio niente. Quando poi te lo dirò io, semmai, la vai a trovare per ringraziarla. Però aspetta che sia io a dirtelo."


Gianni pensa ai genitori, alla loro vita vissuta per i figli, al loro amore sempre vivo e immagina come potrà essere la vita di sua madre quando Giuseppe se ne sarà andato. Pensa alla sorella e si rende conto di quanto Nicoletta si sia trasformata: è diventata una bellissima ragazza, molto dolce, il cui temperamento esuberante si è un po' smorzato grazie al fatto che Roberto, oramai suo fidanzato ufficiale, la tiene a freno. Si sposeranno molto presto. *'Meno male'* riflette tra sé e sé, *'così almeno resterà vicino a mamma quando papà...'* Cerca di cancellare il pensiero appena formulato ma perfettamente comprensibile. Ciò, tuttavia, non gli impedisce di ritenersi un egoista imperdonabile.

Chiama Francesca, anche se ne farebbe volentieri a meno, e le spiega che ha rubato alcune ore allo studio per rivedere il padre e che non crede che avrà del tempo per incontrarla. Francesca lo sente preoccupato ed evita di fargli domande su come intende portare avanti il loro rapporto.

Ha fretta di tornare a Roma, le dice. Deve sostenere dei colloqui presso alcuni studi di architettura per chiedere se, in base ai suoi voti, c'è l'eventualità che possano assumerlo una volta ottenuta la laurea. Quando parte, Francesca non si fa trovare alla stazione. Gianni ne è quasi piacevolmente sorpreso: forse il rapporto sta esaurendosi senza grossi drammi.


Virginia non si dà pace per il progressivo peggioramento di Giuseppe, che nel frattempo è stato ricoverato di nuovo in ospedale. Arriva a chiedere a Nicoletta e a Roberto di anteporre le loro nozze. È convinta che il marito, alla notizia, possa reagire positivamente e riprendersi. Non vuole assolutamente accettare la triste realtà dei fatti.

I ragazzi non sanno che fare. Non è tanto l'anticipare il matrimonio che li turba: avevano già in mente di fare una cerimonia semplice, per pochi intimi. Ciò che li turba e preoccupa è l'ostinata convinzione di Virginia che Giuseppe possa rendersene conto.

"Me lo dici come faccio?" chiede Nicoletta angosciata alla madre.

"Tesoro, nessuno più di mamma può capire quello che provi, credimi. Ma che cosa vorresti fare? Aspettare che papà muoia? Aspettare la sua morte come una liberazione? Non è un festino, quello che faremo. Saremo solo noi di famiglia. Alla fine della funzione in chiesa passerai da papà e, anche se a te sembrerà che non senta, tu dagli la notizia. Con gioia. Che la senta, la tua gioia, perché sarà anche la sua. Dite quello che volete, ma io sono sicura che capirà. Non può reagire, ma io sono sicura che capisce. Lo so. Lo sento."

Nicoletta si rivolge al fidanzato: "Roberto, di' anche tu qualcosa. I tuoi che cosa ne pensano?"

"Nicoletta, i miei sono d'accordo su qualunque cosa voi deciderete in una situazione così triste e senza speranza. Io personalmente sono d'accordo

con tua madre. Non c'è niente di irrispettoso in quello che facciamo. Rimandiamo senz'altro il viaggio di nozze. Quello sì che si può fare, ma non vedo perché non possiamo sposarci subito."
Anche Gianni, interpellato per telefono, è perfettamente d'accordo per le nozze immediate.

Il giorno della cerimonia, in chiesa, Gianni, vicino a Virginia, guarda con amore la sorella. Nonostante il volto segnato dalle lacrime appena asciugate e il semplice tailleur blu al posto del consueto abito da sposa, non può fare a meno di notare quanto si sia fatta bella. Virginia sembra serena. Il suo sguardo passa dalla figlia all'immagine della Vergine sull'altare. È facile intuire che sta pregando per Nicoletta, per la sua felicità. Sicuramente prega anche per Giuseppe, anche se non è altrettanto facile capire che cosa possa chiedere per il marito.
Alla fine della funzione si recano tutti all'ospedale, ma soltanto a Virginia e a Nicoletta, separatamente, viene consentito di entrare nella sala della Terapia Intensiva.
Virginia aspetta fuori, mentre la figlia si siede a lato del letto del padre e gli sussurra qualcosa all'orecchio. Gli tiene la mano, nonostante gli aghi che la perforano. Poi appoggia il capo sul cuscino e resta qualche istante immobile, vicina a lui.
Quando si alza, il suo volto è congestionato dalle lacrime. Dà un ultimo bacio sulla fronte al genitore e si avvia verso l'uscita. Passando accanto a Virginia le sussurra: "Va' tu, ora, mamma."
Virginia si avvicina al marito. Sembra più serena. Il volto è solcato dalle lacrime, ma sta sorridendo.
Fuori dalla sala, attraverso il vetro, tutti vedono che sta parlando con Giuseppe. Forse gli sta facendo il resoconto della cerimonia. Gli accarezza il volto, gli passa la mano sui capelli. Poi, finalmente, arriva l'infermiera che, con molta dolcezza, la fa alzare e l'accompagna all'uscita.
Dall'ospedale si recano tutti in casa dei genitori di Roberto, dove viene servito un pranzo leggero. Prima di iniziare a mangiare Gianni avvicina il volto a quello di sua madre e le sussurra qualche parola all'orecchio. Lei assente guardandolo con dolcezza, poi, alzando il bicchiere, si rivolge ai due sposi con tenerezza: "A voi due, figlioli cari. Che possiate essere felici quanto io lo sono stata con il mio Giuseppe."

Gianni è contento per Nicoletta. Roberto è una cara persona ed è certo che saranno felici. Brinda anche lui agli sposi, ma questa volta gli è difficile nascondere la commozione.

Due giorni prima di Natale Giuseppe muore, senza avere ripreso conoscenza.

Gianni si affretta a comunicarlo alla signora Giovanna, che gli esprime tutta la sua partecipazione. Non può fare a meno di comunicarlo anche a Francesca, sebbene lo eviterebbe volentieri.

La signora Giovanna partecipa alla funzione in disparte e si avvicina a Gianni e alla sua famiglia soltanto quando la bara esce dalla chiesa. Esprime le sue condoglianze abbracciando Gianni, sua madre e Nicoletta, poi si allontana discreta così come era apparsa.

Anche Francesca è molto discreta nell'esprimere le sue condoglianze. Abbraccia Virginia e Nicoletta, poi rivolgendosi a Gianni, gli dice pacatamente: "Telefona quando vuoi." Non aveva mai accennato al fatto di non essere stata invitata alle nozze di Nicoletta, ma aveva capito che il momento richiedeva la partecipazione dei soli familiari stretti e proprio in quel momento aveva compreso di non farne parte.

Gianni si trattiene ancora una settimana, poi viene spinto da Nicoletta e da Roberto a tornare a Roma.

"Non trascurare lo studio. Sai che puoi stare tranquillo per mamma. Cercherò di convincerla a venire a stare qui con noi, per lo meno fino a che non sarà più tranquilla. Non credo che vorrà lasciare la casa definitivamente."

"Sì, figuriamoci. C'è tutta la sua vita là dentro. L'importante è che si riprenda presto. L'affido a voi" si raccomanda Gianni.

"Sta' tranquillo. E fa' buon viaggio."

Gianni si prepara per il primo colloquio che dovrà sostenere alle undici e trenta. È uno studio di progettazione situato a Trinità dei Monti. Una posizione da favola. Viene ricevuto da una segretaria dalla bellezza un po' algida e di poche parole. Lo fa accomodare in un salottino con sedie che sembrano quelle disegnate da Le Corbusier.

Forse sono **autentiche** sedie di Le Corbusier, pensa Gianni. La segretaria, dopo averlo invitato a sedersi, lo annuncia usando un citofono interno.

Sul basso tavolino di cristallo di fronte a lui sono disposte, in perfetto ordine, alcune riviste. Il ragazzo ne prende una, il The Art And Costume Journal, attratto da una bellissima foto in copertina: il Palazzo dello Sport all'EUR.

Sfoglia le pagine fino ad arrivare a quelle riguardanti il soggetto della copertina. L'articolo è corredato di bellissime foto a colori valorizzate anche dalla carta patinata della rivista. In fondo all'articolo c'è scritto: *Testo e fotografie di Jay Barrett.*

Gianni è particolarmente colpito da una foto che occupa due pagine intere, nella quale la copertura a cupola è esaltata in tutta la sua magnificenza. 'Per fare una foto del genere' considera Gianni ammirato 'questo Jay Barrett deve essersi sdraiato sul pavimento nel centro dell'edificio. È proprio bravo, 'sto giornalista'. La didascalia dice: *L'effetto della copertura a cupola è stupefacente, maestoso. Un'opera incredibilmente audace, incredibilmente bella che di sicuro merita un posto nella storia dell'architettura contemporanea.*

Gianni ripone al suo posto la rivista e fa appena in tempo a prendere in mano un fascicolo di Architecture d'aujourd'hui che si presenta un giovane uomo sui trentacinque anni che, dopo essersi presentato come l'architetto Orsi, lo guida verso il Sancta Sanctorum.

Il titolare dello studio è un uomo molto distinto, sui sessanta, che dopo essersi presentato, fa sedere il giovane e prende in mano il suo curriculum, costituito esclusivamente dal libretto sul quale sono registrati tutti gli esami sostenuti e i relativi voti. Mano a mano che prosegue nella lettura muove il capo assentendo.

Alla fine tira un lungo respiro e parla. "Una media altissima. Da pochi. Complimenti. Tuttavia immagino che non abbia alcuna esperienza pratica."

"No, Signore. Ho fretta di laurearmi proprio per poter trovare quanto prima un posto che, almeno all'inizio, mi permetta di vivere a Roma. Se può servire, ho fatto il manovale in un cantiere. Naturalmente questo non fa ancora di me un architetto, però mi ha permesso di familiarizzare con i materiali e con le macchine."

"Certo, certo. Capisco." Rimane alcuni secondi in silenzio. Poi tira un lungo sospiro. "Beh, come ben saprà la situazione attuale, soprattutto nel nostro campo, non è rosea. Quello che posso dirle è che il suo non è un curriculum da mettere da parte, per cui lasci pure il suo recapito telefonico in segreteria e sarà nostro piacere chiamarla non appena possibile."

Si alza e lo accompagna alla porta dopo avere chiamato al telefono interno la segretaria: "Mi mandi Orsi!"

Si presenta l'architetto che lo aveva ricevuto.

"Orsi, accompagni l'architetto" e, rivolgendosi a Gianni, gli stringe la mano con un gelido "arrivederci."

Percorrendo il lungo corridoio che conduce all'ingresso, Orsi chiede: "Che impressione ne ha avuta?"

"Mah, malgrado gli elogi, non credo che per il momento diventeremo colleghi."

L'architetto lo guarda sorridendo e dice: "Già. Capisco."

Poi, scrutandolo da capo a piedi aggiunge, sempre sorridendo: "Peccato."

Gianni discende la scalinata barocca con un senso di delusione, di sfiducia.

'Che farsa!' pensa. 'Ma ci vuole tanto a dire onestamente: *No, grazie. Per il momento non abbiamo bisogno di assumere del personale nuovo. Il nostro organico è al completo* invece di ricorrere a quella formuletta di rito: *lasci il suo nome e il suo recapito ecc. ecc.* che serve soltanto ad alimentare le speranze o, piuttosto, le illusioni dei più ingenui?'

Sa benissimo che non lo chiameranno mai, nonostante gli elogi. Sa anche che non deve abbattersi. Quello è stato solo il primo colloquio. Ce ne sono altri due, per i quali dovrà telefonare e fissare gli appuntamenti. Si avvia verso la sua abitazione decidendo di fare il percorso a piedi.

Entrato in casa, si dirige verso il bagno e fa scorrere l'acqua nella vasca. Fuori la temperatura è elevata, ma lui non lo soffre il caldo. Anzi, l'estate è la sua stagione preferita. No, la vasca gli serve solo per rilassarsi. Si sdraia sul fondo e lascia che l'acqua, quasi fredda, salga fino a lasciargli scoperto solo il capo.

Chiude gli occhi e fa scorrere liberamente i pensieri, i ricordi. Pensa al padre e sente un desiderio struggente di parlargli. Pensa a sua madre che, sebbene la vicinanza con la sorella lo faccia stare tranquillo, sicuramente sente cocente la lontananza del suo Giuseppe. Pensa a Bruno, alla madre di Bruno e al suo gesto straordinariamente generoso. Per rispetto verso l'amico, oltre che per riconoscenza, la chiama spesso, quasi più della sua stessa madre, e ogni volta le rinnova l'offerta di rivolgersi a lui per qualsiasi cosa di cui possa aver bisogno. Poi nei pensieri subentra Francesca. Ne è immediatamente infastidito.

Capisce perfettamente di non provare assolutamente niente per quella ragazza. Non c'era stata, con lei, negli anni passati una frequentazione tale da creare un'amicizia che facesse sperare, per il futuro, un rapporto più intimo.

Gianni si attribuisce la colpa di quanto è successo fra loro due. Avrebbe dovuto tagliare corto nel momento stesso in cui lei gli si era avvicinata sul bordo della piscina alle nozze di Alex. Forse trascinato da quel clima gioioso e romantico, le dette quel bacio che, con il successivo rapporto, fu l'inizio per lei di illusioni e per lui solo di fastidi.

La sera decide di andare a mangiare nella solita trattoria, quella che era solito frequentare con Bruno. Mimmo gli porta, senza che lui li abbia ordinati, gli spaghetti alla puttanesca. È diventato il suo piatto fisso al punto che non sente nessun desiderio di assaggiane altri.

Dopo cena si reca al suo bar, il *Blue Velvet*. Ricorda che Bruno lo aveva definito come un posto in cui si possono fare degli *incontri interessanti*. È proprio quello di cui avrebbe bisogno ora, se non si sentisse tanto stanco. Più che stanco, depresso. Ordina a Carlo, il barista, un banalissimo gin tonic.

"Ti vedo un po' giù di corda. Problemi?" gli domanda Carlo.

"Qualcuno, ma passeranno." Non ha voglia di confidenze.

"Non credo che stasera verrà Andrea. Credo che sia andato a trovare i suoi in Toscana." Carlo è proprio un gazzettino, pensa Gianni con simpatia.

"Sì, lo so. Me lo aveva accennato l'ultima volta che ci siamo visti. Vado a sedermi di là, al *night*."

"Va' pure. È appena aperto. Oggi è venerdì: la gente arriva più tardi. Te lo porto io il gin tonic."

Il *Blue Velvet* ha un locale adiacente al quale si accede dallo stesso bar e che, dal venerdì sera alla domenica, viene aperto al pubblico come *night*.

L'arredamento è dello stesso tipo del bar, con un maggior numero di divanetti per due. Naturalmente il rivestimento non può che essere di velluto blu.

Su una pedana fa bella mostra di sé un pianoforte suonato da un pianista libanese, Arige, che ha un repertorio raffinatissimo: Gershwin, Cole Porter, Jerome Kern e altri grandi. Al suo fianco una cantante di colore con una voce straordinaria, vibrante. Gianni si accomoda su un divanetto e chiude gli occhi immerso nei suoi pensieri. Sono circa le 22,00. Il locale è quasi vuoto e al piano c'è soltanto Arige che suona della *soft music*. Sembra scelta apposta per non disturbare i pensieri di Gianni.

Carlo si avvicina e posa il bicchiere di gin tonic sul tavolinetto.

"Eccoti il tuo drink." Poi, notando che l'espressione preoccupata non è scomparsa dal suo volto, azzarda: "Non mi piaci stasera. Ti vedo preoccupato. Comunque se hai bisogno d'altro, chiama."

Gianni appoggia la testa allo schienale. Pensa al colloquio della mattina. Prova quasi un senso di frustrazione. Spera ardentemente che il prossimo vada meglio.

Sorseggia svogliatamente, pensieroso, il gin tonic che Carlo gli ha appena portato.

"Posso sedermi?"

Gianni alza lo sguardo e vede un giovane intorno ai ventisette-ventotto anni, bruno, con i capelli corti, alto e molto attraente.

"Accomodati pure." Darsi del *tu* in certi casi è quasi un segno di riconoscimento. Stanno per un po' in silenzio. Gianni finge di essere concentrato sul suo bicchiere, ma sente che lo sguardo dello sconosciuto è fisso su di lui. Si fa forza, lo guarda e si presenta porgendo la mano.

"Piacere. Gianni."

"Piacere mio. Jay" risponde il giovane stringendogliela.

Ancora un attimo di silenzio, poi di nuovo Gianni. "Parafrasando Dante direi che *americano mi sembri dall'accento quand'io t'odo.*"

"Sì, sono americano. Si sente tanto?"

"Un po'. Ma forse col tempo..." Si mettono entrambi a ridere. Il ghiaccio è rotto.

"Spero che non ti sia offeso" riprende Gianni. "Il tuo italiano, da quel poco che mi è sembrato di capire, è molto corretto dal punto di vista grammaticale; soltanto si sente l'accento americano, che probabilmente con il tempo..." scoppiano a ridere di nuovo. "Dove l'hai imparato? L'italiano, voglio dire, non l'accento."

"Tranquillo, non sono affatto offeso" lo rassicura Jay. "A parte il fatto che a Boston vivevo in un quartiere di italiani, ho seguito dei corsi non appena giunto in Italia e poi ho cercato di migliorare leggendo molto, andando al cinema e così via" segue un momento di silenzio. "Non ti ho mai visto in questo bar" riprende Jay. "Sei di fuori?"

"Sì, ma vivo a Roma da quattro anni. Sono solito venire qui quando lo studio me lo permette, ma ultimamente ho diradato le visite. Sono vicino alla laurea e la maggior parte del tempo la passo studiando."

"Che cosa fai?"

"Sto per laurearmi in Architettura. Mi mancano solo un esame e la tesi. Ho l'indirizzo di tre studi ai quali dovrò rivolgermi per un eventuale lavoro, portando come unico curriculum il libretto dove sono indicati gli esami sostenuti e relativi voti. Sono reduce dal colloquio con il primo e ti confesso che mi è sembrata un'autentica presa in giro. Studio da sogno, segretaria con gambe bellissime, mobili firmati, ma alla fine, inesorabile, la risposta che temevo: *lasci un recapito e, quando capiterà l'occasione, la chiameremo.* Ma sai qual è il bello? Sentivo una tale fretta di uscire da quel frigorifero che mi sono dimenticato di lasciare il mio recapito telefonico alla segretaria."

"Peccato, perché anche se non fosse servito per motivi di lavoro, probabilmente avrebbe potuto servirsene lei stessa per suo uso personale" commenta Jay.

Gianni ride alla battuta del giovane.

"Grazie per il complimento."

"Era assolutamente sincero" risponde Jay, che non ha smesso un solo istante di guardare Gianni.

"Comunque mi restano ancora gli altri due indirizzi a cui rivolgermi" prosegue Gianni.

"Ti auguro di cuore che ti vada bene" poi, dopo un istante di silenzio, "te la senti di fare un giretto? Mi piacerebbe conoscerti meglio e qui dentro comincia a esserci troppo rumore."

"Ti ringrazio, Jay. Non è per sembrarti scortese, ma sono un po' stanco e, come dire, depresso. Ho bisogno di dormire. Però se sei solito frequentare questo bar avremo occasione di rivederci."

"Certo con grande piacere. Domani sera?"

Gianni scoppia a ridere. Trova simpatico il giovane. "D'accordo. Domani sera." Escono sulla strada. "Senti, non voglio opprimerti. Non ti chiedo il tuo recapito telefonico, se non desideri darmelo. Questo, comunque, è il mio."

Jay lo appunta sullo scontrino del bar.

"Scusami, Jay. Questa è la prova di quanto sia fuori di testa." Tira fuori dal taschino un blocchetto e scrive su un foglio il suo numero di telefono.

"Allora a domani sera" lo saluta Gianni.

Jay sussurra a mala pena un *sì* e rimane fermo, sorridente, a guardare la bella figura del ragazzo mentre si allontana con il passo molleggiato di chi fa sport.


A casa Gianni ripensa all'incontro. Non gli è affatto dispiaciuto. È curioso di sapere a quale esito porterà l'appuntamento fissato per la sera dopo.

Squilla il telefono e il giovane ha un sussulto. Pensa subito a casa, alla madre. Cerca di dominare l'ansia.

"Pronto."

"Ciao. So che ti avevo promesso di non assillarti, ma non ho potuto trattenermi dal telefonarti. Volevo solo dirti che sono stato felice di averti conosciuto e che non vedo l'ora che arrivi domani sera. Tutto qui."

"Non mi hai assillato, però mi hai spaventato. Una telefonata a quest'ora ti fa sempre pensare al peggio, quando vivi fuori casa."

"Mi dispiace. Non avevo pensato a questo."

"Non potevi saperlo."

"Hai ancora molto sonno?"

"No, ora è passato."

"Non potremmo rivederci?"

“Adesso?”

“Sì, adesso.”

“Non corri un po’ troppo?”

“Non lo so, però so che dovevo chiedertelo.”

A Gianni piace la spontaneità di Jay, oltre a essere lusingato dal fatto che abbia sentito l’urgenza di chiamarlo.

“Dove abiti?” gli domanda.

“Una traversa di viale Trastevere. Via Dandolo. E tu?”

“Molto vicino a Piazza Farnese.”

“Posso venire a prenderti? Con la macchina sono cinque minuti.”

Gianni gli dà l’indirizzo.

Ma che cosa sta facendo? Si chiede. Lo ha appena conosciuto. La situazione non sembra molto diversa da quella di altri incontri occasionali: si finiva sempre o a casa dell’uno o a casa dell’altro. Ma questa volta è un po’ diverso. L’interesse mostrato da Jay sembra autentico e la sua schiettezza insolita. Sente una strana agitazione, non sa come definirla, una specie di languore, un’ansia dell'attesa, sensazioni, queste, per lui del tutto nuove ma assolutamente gradevoli. Fa passare quindici minuti - il tempo da lui valutato necessario per il tragitto Trastevere-P. Farnese - e poi scende in strada.

Appena varcato il portone, viene investito da due fari, puntati verso di lui, che provengono da una macchina ferma.

Jay scende dall’auto e gli si fa incontro. Non si salutano neppure.

Jay lo spinge dentro il portone non ancora chiuso e lo bacia sulla bocca. Le sue labbra gli percorrono il viso, il collo. Gianni gli si sottrae con gentilezza.

“Dai, non qui. Andiamo su” e lo invita a salire le scale. Entrati in casa, a Jay sembra sbollita la frenesia che lo aveva colto di sotto, nell'androne.

“Desideravo farlo sin da quando mi sono seduto vicino a te nel bar” dichiara guardandolo.

“Vuoi bere qualche cosa?” gli chiede Gianni, ignorando il complimento. “Non ho alcolici, tranne il vino. O preferisci un caffè?”

Vuole indugiare, vuole studiare le reazioni di Jay.

“No, niente, grazie.” Gli si avvicina lentamente e gli si ferma davanti. Lo guarda intensamente negli occhi. Il suo sguardo è diretto, come Gianni aveva supposto, ed esprime una grande tenerezza.

Jay gli accarezza le guance e gli sposta un piccolo ciuffo di capelli che gli scende appena sulla fronte.

Gianni sorride: "Lo so, devo andare dal barbiere."

"Guai a te se lo fai" replica Jay. Questa volta il bacio è decisamente più intenso.

Raggiungono la camera da letto. "Quella è la porta del bagno, se ne hai bisogno."

Jay ringrazia e vi si dirige. Gianni sente scorrere l'acqua. Dopo un po' il ragazzo apre la porta e si ferma sulla soglia. Indossa soltanto i boxer e si sta asciugando il volto.

Gianni non può fare a meno di ammirarlo. È ben fatto: il torace ampio, abbronzato, le gambe forti e ben disegnate. 'Davvero niente da ridire' pensa.

Si avvia a sua volta verso il bagno e dopo un po' ne esce nudo.

Jay è già sdraiato sul letto, dopo aver ripiegato ordinatamente le lenzuola. Ha indosso ancora i boxer che tuttavia non riescono a mascherare il suo desiderio. Gianni sale sul letto, gli apre le gambe e si inginocchia in mezzo ad esse.

Si china su di lui e lo bacia. Poi fa scivolare le sue labbra verso i capezzoli per scendere quindi fino all'ombelico. Indugia con i baci, con la lingua, fino a che, senza mai staccare le sue labbra dalla pelle di Jay, afferra l'elastico dei boxer e glieli sfila. Jay è bello dappertutto.

Si sdraia sopra l'amico e si baciano avidamente. Il pene di Gianni preme sul ventre di Jay, mentre quello di Jay è stretto fra le cosce di Gianni. Non hanno bisogno di muoversi molto: il piacere li avvolge entrambi, quasi contemporaneamente. Dopo, restano l'uno accanto all'altro per un po', in silenzio.

Il primo a parlare è Jay.

"Non mi era mai capitato prima, così, in questo modo."

"Neanche a me. Se non era voglia questa…"

Si guardano, si accarezzano, si baciano ancora. Poi si addormentano l'uno nelle braccia dell'altro.


Il giorno dopo escono insieme. Il loro atteggiamento è disinvolto, allegro. C'è in loro la consapevolezza di essersi piaciuti, di avere fatto, forse, l'incontro giusto.

Jay sale in macchina e questa non parte. Si accorge di avere tenuto i fanali accesi per tutta la notte. La batteria si è scaricata. Chiama, da una cabina all'angolo della strada, un meccanico di sua fiducia, mentre Gianni si avvia verso la fermata dell'autobus per recarsi a una libreria universitaria per ritirare un libro di testo. Vorrebbero baciarsi, ma non osano.

"Questa sera?" chiede Jay.

"Sì, questa sera."

"Qui?"

"Sì, qui."

"Alle otto?"

"Sì, alle otto. E non tardare."


Jay è giornalista e viaggia spesso. Probabilmente sarà lui a doversi occupare dei servizi sulle prossime Olimpiadi. Fino a ieri mattina avrebbe fatto salti di gioia. Ora è incerto. Sa che quell'incarico lo terrà occupato giorno e notte fino alla fine dei Giochi e sa anche che ogni giorno lontano da Gianni gli sembrerà un'eternità.

Dovrà parlargliene.

Non sa ancora che piega assumerà questa loro relazione appena nata; non sa neppure se sia il caso di chiamarla relazione, ma gli piacerebbe che continuasse. Gianni non si è ancora espresso in proposito. Non ne hanno avuto il tempo. Quando si incontreranno per la cena, affronterà l'argomento. O forse sta fantasticando troppo. Forse è stata soltanto un'avventura come tante altre. Certo, può darsi. Ma desidera con tutte le sue forze che non sia così. Non questa volta.


Sono seduti l'uno di fronte all'altro in un bar di Campo De' Fiori.

Si guardano intensamente, a lungo, senza parlare. Gianni allunga la mano sul tavolo e Jay la stringe.

Gianni è il primo a rompere quel silenzio incantato.

"Ti ho pensato, oggi, e mi sono reso conto di non sapere niente di te, tranne il tuo numero telefonico."

"Hai ragione" si scusa Jay. "Mi chiamo Barrett, Jay Barrett. Sono giornalista, vivo a Roma da quasi cinque anni e il mio ufficio è in via Bissolati. Prendi questo" e si toglie dal taschino della camicia un biglietto da visita. "Come vedi ci sono tutti i numeri telefonici ai quali puoi trovarmi."

Gianni prende il cartoncino e legge. "Jay Barrett? Ma aspetta un po'. Per caso sei il Jay Barrett del The Art And Costume Journal?"

"Proprio lui. Per caso sei un lettore della rivista?"

"No, non proprio. Però pochi giorni fa ho letto il numero che aveva in copertina una foto del Palazzo dello Sport. Hai fatto un magnifico servizio, Complimenti."

"Grazie. Il prossimo sarà migliore."

"Perché, che cosa hai in programma?"

"Un'opera dell'architetto Gianni Bini."

"Ma dai, piantala. Campa cavallo... Ah, prima che me ne dimentichi" continua Gianni, "eccoti un paio di chiavi del mio appartamento. Mi farebbe immensamente piacere se, rientrando dal lavoro - quando lo avrò trovato - ti trovassi ad aspettarmi."

Jay si porta alle labbra la mano di Gianni che stringeva nella sua e la bacia, indugiando, sul palmo. Gianni è profondamente toccato da quel gesto inaspettato.

"Che ne dici se questa sera la passiamo a casa mia?" gli sussurra. "Ho piacere che tu la veda e ho anche piacere che la consideri tua. Il mazzo di chiavi che ho fatto fare per te sta in macchina. Non sapevo se il dartelo avrebbe significato per te, come dire, una specie di impegno nei miei riguardi, impegno che, magari, non sentivi ancora di assumerti. Ti ringrazio per avermi tolto questo dubbio."

"Allora facciamo così" suggerisce Gianni, "ceniamo fuori e poi ci fermiamo a casa tua. Sono curioso di vedere come vivi. Però ora parlami un po' di te, del tuo lavoro. Ho aggiunto un elemento in più alla tua biografia: so che sei un giornalista."

"Sì ed è proprio di questo che vorrei parlarti. Forse è troppo presto per farlo, visto che ci conosciamo da poco più di un giorno. Però voglio credere che tu desideri stare con me almeno quanto io desidero stare con te. Come puoi immaginare il mio è un lavoro tutt'altro che sedentario, per cui le mie assenze potrebbero essere frequenti. Potrebbe trattarsi di pochi giorni, di qualche settimana, ma a volte potrebbero essere assenze più lunghe. Te la senti di affrontare questo futuro con me?"

"Jay, non sono in grado di rispondere a questa domanda. Tu mi piaci: non molto, di più. Tu rappresenti la mia prima relazione importante nella

quale voglio investire tutti i miei sentimenti. Forse è un azzardo, lo so, ma so anche che lo desidero intensamente. Hai appena parlato di assenze. Il caso ci mette subito alla prova. Devo tornare per qualche giorno ad A. per vedere mia madre e poi per parlare seriamente con una ragazza."
"La tua ragazza?"
"Sì e no. Mi sono trovato, quasi per caso, invischiato in questa situazione dalla quale voglio assolutamente uscire. Ma lo voglio fare senza offendere i sentimenti di Francesca - si chiama così - e temo che sarà piuttosto dura."
"Capisco e non ti invidio. Non ritengo questa tua assenza un problema. Chiamami se ne avrai voglia e non farlo se non ne avrai. L'importante è che tu non ti senta obbligato a farlo. Quanto alla tua espressione *qualche giorno,* non so darle una valutazione, ma ti aspetterò comunque."
Gianni guarda il bel viso di Jay. Capisce che il sorriso che gli rivolge nasce da quei sentimenti che lui sta provando per la prima volta, e si rammarica di non essere stato capace di dirgli: 'Anch'io conterò i giorni che mi separeranno da te.'

Gianni trova la madre meno sciupata e un po' più serena. Evidentemente la presenza di Nicoletta rappresenta per lei un grande sostegno morale. Ha un grande bisogno di parlare di Jay, ma ritiene opportuno rimandare a quando le cose fra loro due saranno più stabili. Non può rivelare un legame che forse legame non è ancora.
Con grande fatica telefona a Francesca e si danno appuntamento allo chalet dei giardini del laghetto.
Lei arriva puntuale e si siede accanto a lui. Non si sono neppure salutati.
"Ho bisogno di parlarti prima che io riparta per Roma."
"Mi spaventi, Gianni, anche se ho capito subito che la tua telefonata non era stata dettata dal desiderio di rivedermi."
"Non devi turbarti. Anzi, forse col tempo potresti anche ringraziarmi."
"Certo, come no. Credo di avere capito. Più o meno il discorso è questo: *Francesca, tu sei una cara ragazza, ma io non credo di meritarti ecc. ecc.* È così?"
"Più o meno *in nuce* il soggetto è questo, però non banale come lo hai presentato tu."
"Cioè?"

"Francesca, a Roma c'è un amico che mi aspetta. Abbiamo deciso di vivere insieme e…"

"…e siete tanto, ma tanto felici."

Gianni ignora il tono sarcastico della ragazza.

"Per il momento sì. Molto."

"Non so che dirti, Gianni. Sono talmente sbigottita che non riesco neppure a capire se la cosa mi addolora o no. Sei stato molto esplicito e molto conciso. Ciò rende evidente il fatto che hai le idee molto chiare in proposito. Ti ringrazio per non avermi fatto perdere molto tempo."

Francesca si alza e si avvia verso la sua utilitaria. Gianni rimane in silenzio seduto al tavolo. Si sente come se si fosse sgravato di un grosso peso. Il sollievo che sta provando in quel momento è superiore al rimorso di avere provocato un dolore alla ragazza ma, avendola conosciuta, ritiene che più che una ferita ai suoi sentimenti sia una ferita al suo orgoglio.

Non sa resistere. Va alla cabina telefonica del bar e chiama Jay.

"Ti disturbo?"

Jay non riesce a nascondere completamente l'emozione che prova. Nei sentimenti Jay è un uomo istintivo: deve esternare ciò che sente.

"Mi hai chiamato! Ho quasi pregato perché tu lo facessi. Non so cosa dirti, anzi no, lo so fin troppo bene, ma non voglio sembrarti un sentimentale."

"Domani sera sarò a Roma."

"Domani?"

"Sì, domani."

"Sarà la nottata più lunga di tutta la mia vita. Hai sistemato tutto?"

"Sì, per fortuna. È stata più semplice di quanto non pensassi." Un attimo di silenzio, poi: "Jay."

"Sì, dimmi."

"Jay, non sono abituato a relazioni stabili: non le ho mai avute. Ho avuto soltanto incontri occasionali, della durata di una notte, perciò non mi è facile dire certe cose. In questi due giorni di assenza non c'è stato un solo minuto in cui non abbia pensato a te. Ed è stato proprio questo pensare a te che ha reso facile la soluzione del problema Francesca."

Ancora una volta Gianni tace esitante.

"Va' avanti, ti ascolto" lo incita Jay.

"Non mi è facile usare certe espressioni, anche se…"

" Anche se…?"

"Anche se con te sento di doverlo fare."

"Fallo, allora! Dillo!" la voce di Jay ha un tono alterato, impaziente.

C'è ancora un attimo di esitazione da parte di Gianni, ma solo un attimo.

"Io credo che mi stia innamorando di te."

"Gianni. C'è un modo molto più semplice per dirlo. Sono soltanto due parole piccolissime. Ti prego, dille!"

"Jay, ti amo."

"Le hai dette. Finalmente le hai dette. Gesù, ma allora è vero che Dio esiste!"

Il percorso dalla Stazione Termini a Piazza Farnese gli sembra lunghissimo. Scende dal taxi e, dopo parecchi tentativi, riesce a infilare la chiave nella toppa e ad aprire il portone. L'ascensore si trova all'ultimo piano, proprio dove deve andare lui: il tempo che impiegherebbe per scendere al piano terra gli sembra troppo lungo. Fa le scale di corsa, nonostante la valigia. Ha fretta di telefonare a Jay. Appena entrato in casa, viene colpito da qualche cosa di strano: era sicuro di avere chiuso le persiane di tutte le finestre, eppure un vago chiarore proviene dalla sala da pranzo.

Si avvicina alla soglia e l'immagine che gli si presenta agli occhi gli scalda il cuore. La tavola è apparecchiata per due persone. Nel centro una composizione di fiori con ai lati due candele rosse, accese.

Si volta di colpo. Jay è alle sue spalle che lo guarda sorridendo. È l'abbraccio più dolce che abbia mai ricevuto nella sua vita. Jay lo tiene stretto fra le sue braccia; ha accostato il suo viso a quello di Gianni e, nello sfregare dolcemente la sua gota con quella dell'amico, gli sembra quasi di potere assaporare, attraverso il calore emanato da essa, ogni centimetro quadrato della sua pelle.

Gianni va a farsi la doccia, poi si cambia e raggiunge Jay che nel frattempo ha portato in tavola spaghetti alla puttanesca.

"Come hai fatto a sapere che mi piacciono?"

"Non mi è costato un grande sforzo di memoria: quando siamo stati al ristorante prima della tua partenza, Mimmo, se ti ricordi, ha specificato che, come primo, ordini sempre questo piatto. Spero solo che siano alla sua altezza."

Gianni si siede a tavola, mentre Jay gli serve gli spaghetti. Poi li prende per sé e si siede a sua volta di fronte all'amico. Versa del vino rosso per entrambi.

"A noi due" brinda. "A noi due" ripete Gianni che, mentre con la mano sinistra stringe la mano destra di Jay, con l'altra, dopo avere posato il bicchiere, infila la forchetta nel piatto, arrotola gli spaghetti e li divora.

"Sono buonissimi. Bravissimo!" dichiara con la bocca piena e con un entusiasmo al quale non è estraneo l'appetito.

"Se mi lasci la mano, forse potrò esprimere anche la mia opinione. La stai stringendo dal momento in cui ci siamo seduti a tavola." Tace un attimo e aggiunge: "Trovo che sia un momento meraviglioso!"

"Sì, veramente meraviglioso."

Si sporgono l'uno verso l'altro attraverso il tavolo e si baciano.


Jay si reca alla redazione della rivista per sapere quali sono gli incarichi assegnatigli per i Giochi Olimpici che si apriranno fra pochissimi giorni. Come temeva, sarà occupato ventiquattro ore su ventiquattro. Fred sostiene che i servizi dovranno essere introdotti da un ricco servizio sul nuovo aeroporto di Fiumicino, da poco inaugurato.

Una settimana fa sarebbe stato al settimo cielo per l'incarico assegnatogli. Ora non ne è più tanto certo. A casa affronta con un certo imbarazzo l'argomento con Gianni.

"Jay, cerchiamo di essere logici" replica Gianni con fermezza. "Mi hai detto tu stesso, durante il nostro primo incontro, che il tuo lavoro ti avrebbe costretto a delle assenze con una certa frequenza. Bene, questa è una di quelle circostanze. Quanto tempo pensi di restare occupato?"

"Per tutta la durata dei Giochi, che si chiuderanno l'11 settembre. Sai, non si tratta di documentare gli avvenimenti con fotografie e film. Ci sono anche i *dietro le quinte*, le interviste e mille altre cose per cui penso che saranno giorni di fuoco."

"Lo credo. Però pensiamo al lato positivo della cosa: tu starai comunque a Roma" dice Gianni con allegria. "La sera rientrerai a casa . Ti pare niente?"

"Hai ragione. Spero soltanto che questi giorni volino in fretta."

"Sì, lo spero anch'io. Però non possiamo e non dobbiamo vivere nell'incubo che ogni assenza rappresenti un dramma. Dobbiamo convivere serenamente con quest'idea di distacchi temporanei inevitabili."

"Hai proprio ragione" conferma Jay, "facciamo in modo di mantenere vivo questo sentimento che ci coinvolge tanto. È un momento bellissimo. Non permettiamo che finisca."
"È quello che desidero ardentemente anch'io. Quando cominci?"
"Dopodomani mattina verso le nove e trenta."

Roma è un tripudio di colori. La città si dà gli ultimi ritocchi per apparire in tutto il suo splendore. In giro si vedono i reporter delle riviste più prestigiose che fotografano tutto e tutti. Mai Roma ha avuto un afflusso di personaggi così intenso. Jay passa da un rione all'altro con la sua cinepresa, seguito anche da un operatore della televisione. I servizi comprendono interviste ad attori, registi, cantanti e personalità di ogni genere per passare agli atleti, maschi e femmine, mettere il naso nella loro vita privata e scoprire a volte amori nascenti. Con le ragazze gli riesce più facile, data la sua prestanza fisica e la sua simpatia. Segue tutte le gare ed esulta quando Berruti vince l'oro per i 200 metri piani.
La sera, quando rientra è stremato. A volte non torna affatto, perché deve passare la notte in redazione. Per lui è un grande momento. Dà il meglio di sé.
Gianni non lo assilla né con domande né tanto meno con smancerie, ma è felice per lui. Rispetta il suo desiderio di isolamento e concentrazione.
Purtroppo alla gioia e all'euforia sportiva si aggiunge un avvenimento tristissimo per tutta l'Italia.
A Verona, da un palco allestito nell'Arena, cade Mario Riva, il conduttore televisivo più amato dagli italiani, che morirà dopo pochi giorni.
Jay viene incaricato di scrivere un articolo su questo simpatico personaggio che, fra l'altro, aveva conosciuto personalmente.

Gianni approfitta dell'assenza di Jay, durante lo svolgersi dei Giochi, per dedicarsi anima e corpo allo studio, senza trascurare, però, entro certi limiti, tutte le gare che si svolgono in acqua, dai tuffi dal trampolino ai vari tipi di nuoto. Salta sulla poltrona quando John Devitt e Murray Rose, entrambi australiani, trionfano rispettivamente nei 100m e nei 400m dello stile libero maschile.
Pensa ai consigli di Ettore, il suo istruttore, quando frequentava la piscina della sua cittadina. Sì, lo ammette. Sarebbe stato fantastico se avesse potuto raggiungere i risultati prospettati dal suo allenatore e forse,

chissà, ci sarebbe anche riuscito, ma questo avrebbe richiesto una dedizione totale al nuoto, esclusiva. Lui amava il nuoto come attività fisica, come sfogo. Non si proponeva risultati eclatanti. Il 'bravo' seguito da una manata sulla spalla da parte dell'allenatore per Gianni rappresentava da solo un atto sufficientemente gratificante. Quei risultati che non aveva potuto conseguire rinunciando allo sport, avrebbe cercato di ottenerli proseguendo con la scelta che aveva già fatto.

Finalmente arriva l'11 settembre: cerimonia di Chiusura dei Giochi. L'evento non poteva trovare cornice più degna. Gianni sa che la serata sarà molto impegnativa per Jay, che molto probabilmente passerà la nottata fuori, per cui decide di andare da Mimmo e vedere con lui lo spettacolo finale. È proprio bello. L'Italia ne esce proprio bene. Per Roma è un trionfo.
Rimane a chiacchierare con il ristoratore e con i camerieri fin verso l'una di notte, poi, rientrato a casa, si dirige verso il bagno. Passando dalla camera da letto, si blocca di colpo. Sul letto, disteso diagonalmente come il quattro di bastoni, giace Jay, ancora con gli abiti e le scarpe addosso, addormentato come un sasso. Gianni si avvicina, si china su di lui delicatamente e gli posa un bacio sulla fronte. Jay borbotta alcune parole nel sonno delle quali Gianni percepisce soltanto alcuni frammenti come "…nalmente…inito tutto." Per non svegliarlo si corica sul divano e anche lui, dopo pochi minuti, sprofonda in un sonno senza sogni.

Ottobre è alle porte e Gianni comincia a preparare il suo ultimo esame che terrà nel marzo del prossimo anno. Dopo di che dovrà concentrarsi unicamente sulla tesi di laurea, la cui prova si terrà a novembre dello stesso anno. È già abbastanza avanti con il progetto. Gli sembra di procedere bene. Tutto sta a che la Commissione d'esame sia dello stesso parere.
I due giovani sono seduti in salotto a leggere alcune riviste americane che Jay non dimentica mai di portare a casa: si tratta di pubblicazioni prestigiose come LIFE, TIME, NEWSWEEK alle quali molti periodici italiani si ispirano sia per la veste tipografica, sia per i servizi di rilievo.
Gianni si sofferma a guardare la pubblicità di una marca di cioccolatini. È novembre e in America si comincia già a parlare di Natale. La reclame in questione mostra una graziosa, tipica villetta americana, di sera, con le

finestre illuminate. Dalla più grande di queste si può scorgere una famiglia, serena, sorridente, a tavola e l'albero di Natale sullo sfondo circondato da pacchi avvolti in carte coloratissime. La porta di casa è aperta e la luce si proietta sulla neve all'esterno. Sulla soglia, sorridente, una donna anziana, dall'aspetto di nonna affettuosa, ascolta un gruppo di bambini che cantano le Christmas Carols. Tutt'intorno il giardino e le strade imbiancate. In alto, contro il cielo turchino, quasi evanescente, la sagoma di una slitta, trainata da renne guidate da Santa Claus, che sfreccia nel cielo.

Gianni guarda sorridendo quella pagina accattivante. 'Sti Americani' pensa 'sanno vendere anche il Natale.' Già, il Natale. Dovrà parlarne con Jay. Non può mancare di trascorrerlo con la famiglia, ma non gli sembra ancora opportuno coinvolgere il compagno.

"Jay, il Natale si sta avvicinando e…" il ragazzo posa la rivista e inizia a parlare, ma è evidente che è piuttosto imbarazzato.

"…e tu avresti piacere di andarlo a trascorrere con i tuoi. È naturale, Gianni e ti capisco perfettamente."

"Lo so che mi capisci, ma non perfettamente. Io potrò trattenermi soltanto dal 22 mattina al 27 sera, perché voglio superare alla grande il mio ultimo esame. Per fare quello che vorrei, cioè parlare di noi due, sempre che a te vada bene, per fare questo, dicevo, ho bisogno di serenità, cosa che in questo momento mi manca. Il pensiero del lavoro, quello dell'esame, la tesi di laurea mi ingombrano la mente. So che scatterei al minimo contrasto io incontrassi - so come sono fatto - e questa è l'ultima cosa che desidero, soprattutto pensando che, se sono arrivato a questo punto, lo devo ai miei genitori. So che in questo momento non avrei quella fermezza e quella serenità necessarie perché possa fare intendere, a casa, che TU rappresenti il mio futuro, piaccia o non piaccia. Non sono scuse banali, Jay, ma deduzioni che derivano dal fatto che mi conosco bene, così come conosco molto bene la mia famiglia. Il Natale sarà già triste per la mancanza di papà. Parlare di noi due sarebbe, per loro, uno shock che, onestamente, ora, non me la sento di provocare. Mi segui?"

"Ti seguo perfettamente, credimi. E non mi sento offeso, vai tranquillo."

"Tu, piuttosto, come lo passerai?"

"Come ho sempre passato il Natale da quando sono a Roma. Un pranzo fra noi cronisti e altri colleghi del gruppo redazionale."

"Non credo che tu lo abbia passato sempre così" lo stuzzica Gianni.

"Beh, questa volta sarà così" risponde serio Jay.
"Lo sai che mi mancherai, vero?"
"Anche tu. Ora torna ai tuoi libri. Di corsa."
Gianni decide che è giunto il momento di presentare sua madre alla signora Giovanna. Vuole approfittare dei giorni di vacanza che si è preso. La chiama al telefono.
"Buon giorno, signora. Sono Gianni. Come sta?"
"Buon giorno, Gianni. Che piacere sentirti. Mi dicevi, l'ultima volta che ci siamo visti, che dovevi consultare alcuni studi di Architettura per cercare di ottenere un posto dopo la laurea. Com'è andata?"
"Purtroppo con il primo non credo di avere buone speranze, nonostante gli encomi per gli esiti degli esami. Dopo le feste dovrò consultarne altri due. Speriamo bene."
"Non ho alcun dubbio. Spero che tu possa avere tante soddisfazioni. Sei un ragazzo d'oro. Tua madre deve essere molto orgogliosa di te."
"È proprio per questo, signora, che l'ho chiamata. Mia madre avrebbe piacere di conoscerla e mi chiedevo se nel pomeriggio posso accompagnarla da lei."
"Certo, Gianni. In qualsiasi momento tu vorrai. Vi aspetto, allora."

È la signora Giovanna stessa che apre la porta. Non appena scorge Virginia, l'abbraccia con trasporto.
"Finalmente la conosco" le dice con calore.
Virginia è un po'intimidita nel porgere il mazzo di rose.
"Anch'io sono tanto contenta di fare la sua conoscenza. Non so proprio come..."
Giovanna la interrompe a metà della frase, intuendo ciò che Virginia vuol dire.
"Dio, che fiori meravigliosi" esclama nel prendere le rose. Poi prosegue: "Non potevo non sentire il desiderio di conoscere la madre di un ragazzo come Gianni. Lei non immagina quale debito di riconoscenza io abbia verso di lui."
"Signora, la prego" interviene Gianni. "Non dica così. Che cosa dovrei dire io, allora."
"Basta così, parliamo d'altro. Voglio godermi la vostra compagnia. Non immaginavo proprio che avrei avuto una così bella sorpresa."

Si reca un istante in cucina, dove ha messo sul fuoco la caffettiera, e ritorna in salotto con un vaso di cristallo pieno per metà di acqua in cui dispone con arte le rose.

Parlano di tante cose, ma in realtà è Giovanna che guida la conversazione, mentre versa il caffè ai suoi ospiti e a se stessa.

Virginia tenta di risollevare il discorso sulla casa di Roma, ma la donna fa sempre in modo di scavalcarla.

"Mi capita spesso di vedere nel parco sua figlia. Che bella ragazza! Mi lasci dire che le somiglia molto, Virginia. Posso chiamarla Virginia, vero? A patto, però, che lei mi chiami Giovanna."

Virginia non sa cosa dire. Pensava di esprimere la sua riconoscenza e andarsene dopo qualche convenevole, invece Giovanna sembra felice di intrattenersi con loro.

"Ha una casa meravigliosa, Giovanna. E sembra così grande."

"Sì, troppo grande. Infatti ho deciso di venderla. Io me ne andrò a Londra dove ho una sorella vedova e andrò a vivere con lei. Non riesco più a ritrovarmici qui, fra queste inutili stanze vuote." C'è molta amarezza in quello che dice e ancor più dolore.

"Mi dispiace sinceramente che se ne vada, signora" interviene Gianni. "Quando pensa di trasferirsi?"

"Credo non prima dell'estate prossima. C'è una montagna di cose da sbrigare. "Mi diceva il notaio che pensa si debba consultare anche l'Istituto delle Belle Arti. Sembra che siano interessati per farci un Centro Culturale. Sarebbe un bell'impulso per la nostra cittadina."

Giovanna fa il gesto di alzarsi. Gianni capisce che è ora di salutare. Si alza e si ferma di fronte a lei. "Signora, ho notato come ha cercato di sorvolare ogni volta che abbiamo tentato di ringraziarla per quanto ha fatto per me. Non voglio insistere, sebbene lei sappia che la mia gratitudine nei suoi riguardi sarà eterna. Voglio solo dirle che io per lei ci sarò sempre, per qualsiasi cosa. Dovunque."

"Grazie, Gianni. Tu in questi anni hai rappresentato l'unico punto luminoso della mia vita. Ti auguro ogni bene."

Lo stringe in un abbraccio che sembra non aver fine. Poi, rivolgendosi a Virginia: "Virginia, non sa che piacere sia stato per me conoscerla. Lei è la personificazione della madre perfetta. Una cosa che avrei tanto voluto essere anch'io."

Gianni e la madre si avviano verso casa. Nessuno dei due riesce a dire una sola parola durante il breve tragitto.

**1961**

Superato l'ultimo esame a marzo, Gianni fissa un appuntamento con il secondo Studio di architettura della sua lista. La risposta, dopo una breve pausa dovuta probabilmente a una consultazione fra la segretaria che aveva risposto alla telefonata e presumibilmente il capo dello Studio, è quasi strabiliante: l'appuntamento è fissato per il giorno seguente alle ore dieci e trenta.

Gianni arriva puntualissimo all'appuntamento. Lo accoglie una segretaria di aspetto e atteggiamenti gradevoli. Lo studio è arredato in modo semplice e accogliente. Sulla parete di fronte all'entrata campeggia la gigantografia a colori di quello che sembra un complesso alberghiero visto dall'alto. Sulle altre pareti fanno bella mostra di sé sketch di arredamenti, realizzati ad acquerello da una mano molto felice.

"Mister Baldwin si è assentato per pochi minuti. La prega di scusarlo" lo informa la segretaria. Gianni apprende così che il titolare dello studio si chiama Baldwin. "Gradisce un caffè, nell'attesa?" Il giovane accetta volentieri. La segretaria è molto cordiale e anche molto loquace. È di origine libanese, ma è in Italia da cinque anni. Conosce il sig. Baldwin da quando lei abitava a Beirut e lui aveva uno studio di architettura in quella città.

Quando si è sposato con un'italiana conosciuta in Libano, ha deciso di seguirla a Roma e organizzare qui il suo lavoro. Lei, Myra, ha colto l'occasione per venire in questo paese che adora ed ha accettato di lavorare come sua segretaria, dato che conosce anche l'arabo. Difatti lo studio lavora molto con il Medio Oriente.

In quel momento arriva il signor Baldwin, un uomo sui sessanta anni, molto distinto e immagine perfetta dell'architetto, esattamente come lo aveva descritto anni prima Francesca: brizzolato, abbronzato, *ascot* fantasia su camicia celeste e giacca blu. Fa accomodare Gianni nel suo ufficio, prende il libretto che questi gli porge e lo scorre con interesse.

"Leggo con piacere che si laureerà con ottimi voti, però vedo anche che non ha nessuna esperienza di lavoro." Fa una breve pausa e poi riprende, fissando Gianni negli occhi. "D'altra parte è comprensibile che chi sta per laurearsi non abbia molto tempo a disposizione per fare pratica."

"Ho fatto un po' di pratica di cantiere" risponde Gianni quasi timidamente.

"Ottima cosa" commenta Baldwin. "Comunque non si preoccupi. Mi segua. Le faccio fare un giro del nostro studio, se la cosa le interessa, per mostrarle qual è il nostro sistema di lavoro e di che cosa ci stiamo occupando ora."

Gianni è stupefatto. Era pronto alla solita risposta del *la richiameremo* e invece è accolto con interesse e cortesia.

"Intanto le presento i miei collaboratori: l'ingegner Colbi, strutturista, il signor Ferri, impiantista, e l'architetto Volpi, progettista. Come vede in questo momento lo studio è piuttosto sguarnito di personale, perché stiamo completando l'arredamento di un hotel in Francia e stiamo aspettando a giorni la progettazione di un albergo a S., in Medio Oriente. A quel punto lo studio si affollerà al di là della sua capienza. Avrà capito che una struttura minuscola come la nostra si gonfia e si sgonfia a seconda delle necessità del momento. Lei mi sembra una persona seria e affidabile, per cui, non appena si sarà laureato ed avremo la certezza del lavoro, le assicuro che sarà chiamato. Dipenderà poi da lei, dal suo senso di iniziativa e dalla sua serietà, se sarà confermato o no. Naturalmente sempre che le piaccia far parte del nostro gruppo. Che ne pensa?"

Gianni è stordito. Gli sembra di camminare sulle nuvole.

"Spero proprio di non deluderla, signor Baldwin, perché le posso assicurare che tutto quello che vedo intorno a me, qui, mi piace da morire. Grazie ancora. A presto, allora."

"A presto" risponde Baldwin, accompagnando personalmente Gianni all'uscita, cordialmente divertito della sua spontaneità.

"Che ne pensi, Myra?"

"William, quel ragazzo ha dei numeri. Non lasciartelo scappare."


Gianni non vede l'ora di raccontare tutto a Jay. Finalmente un lavoro. IL LAVORO, quello che ha sempre desiderato fare, quello per il quale ha studiato. Ha la tentazione di telefonare alla madre, ma poi ci ripensa. Aspettiamo. Suo padre diceva sempre: *'nero su bianco'*. Cerca una cabina. Chiama la redazione del giornale in cui lavora Jay. Dopo alcuni istanti risponde una voce femminile: "The Art And Costume Journal. Betty

Shaw speaking. Can I help You?" Gianni conosce l'inglese, ma è intimidito dalla voce inaspettata. Pensava che sarebbe stato Jay a rispondere. Sceglie di parlare italiano.

"Buon giorno. Mi chiamo Gianni Bini. Potrei parlare con il signor Barrett?"

"Il signor Barrett è temporaneamente fuori per servizio. Vuole lasciare un messaggio?" risponde la stessa voce in perfetto italiano.

"Grazie. Gli dica semplicemente che ha telefonato Gianni Bini. Le lascio il numero."

Riaggancia deluso e si avvia verso la fermata dell'autobus. Poi decide di farsela a piedi fino a casa. Dal quartiere Parioli a Piazza Farnese è una bella passeggiata, ma ha bisogno di scaricare la propria emozione e non è stando seduto su un autobus che può farlo.

Fa appena in tempo a varcare la soglia di casa che sente squillare il telefono. È Jay.

"Ciao. La segretaria mi ha detto che hai telefonato. Ci sono novità?"

"Sì. Ho fatto il colloquio. Sono un pochino più ottimista, ma non voglio tenerti al telefono. Sarò più preciso questa sera. Adesso ti saluto. Ci vediamo stasera."

"Sì, d'accordo. Ci vediamo alle otto. Decideremo poi che cosa fare."

Gianni è emozionato, turbato per l'intervista conclusa e felice per la prontezza con la quale Jay ha risposto al suo messaggio. Non aveva mai creduto che in un rapporto omosessuale potessero essere coinvolti i sentimenti, ma ora tutto gli fa credere il contrario. Jay è indubbiamente una bella persona, in qualunque modo si voglia intendere. Nelle esperienze precedenti aveva provato sì l'ansia dell'incontro, la frenesia dei preliminari, del *prima*, insomma; ma, generalmente, il *dopo* era caratterizzato solo dai saluti.

Ora no. Jay lo ha messo in condizione di capire che il *dopo* è importante quanto il *prima*.

*Prima* c'è il desiderio, la smania di vederlo, di amarlo; *dopo* c'è il piacere di restargli accanto, di ascoltarlo. Il piacere di guardarlo mentre lo ascolta. E il bello della situazione, pensa, è che ha avvertito le stesse emozioni nel compagno, nel timbro, a volte nel tremore della sua voce.

Si accorge che guarda ripetutamente l'orologio: ma quanto manca alle otto?

Gianni capisce subito che c'è qualcosa che non va non appena Jay mette piede in casa.

Jay non ama indugiare. È diretto. Istintivo.

"Mi spediscono in America."

"Come in America? Per sempre?" Gianni ha gli occhi sbarrati per lo stupore.

Jay capisce di esserci andato un po' forte. Abbraccia il compagno e gli dice in tono rassicurante: "No, sta' tranquillo, non è per sempre. Però sarà per un mesetto. Ci sono dei guai con Cuba e sembra che Kennedy ci sia in mezzo fino al collo. Ti spiegherò meglio quando ne saprò di più. Dimmi piuttosto del colloquio."

"Mi sembra che questa volta ci siamo. È tutto un altro modo di fare, se paragonato al primo. Stanno aspettando un lavoro sostanzioso in Medio Oriente. Il titolare, l'architetto Baldwin, mi ha assicurato che non appena avranno il contratto mi chiameranno. Penso di avere fatto una buona impressione."

"Ne ero certo" dice Jay. Poi in tono malizioso aggiunge: "Spero non troppo buona. Ci siamo capiti, vero?"


Jay parte alla fine del mese. Gianni lo accompagna all'aeroporto. È piuttosto sconsolato, ma ha fiducia totale nell'amico.

"Tienimi al corrente di come vanno le cose, ma soprattutto di come stai tu."

"Tu fai il bravo, eh?" scherza Jay. "Voi italiani dite che i topi ballano quando il gatto non c'è."

Gianni non risponde alla scherzosa provocazione.

"Che voglia di baciarti" gli dice. "Ma arriverà mai il momento in cui potremo farlo senza rischiare denunce?"

"Non lo so, ma penso che sarà una lunga lotta. Penso che quel giorno sia ancora piuttosto lontano. Soprattutto per quelli come noi. Se la Chiesa è capace di scagliare condanne così severe e irrevocabili come ha fatto per Fausto Coppi e la sua compagna, pensa a cosa sarebbe per delle coppie omosessuali. L'unico barlume viene proprio dagli italiani che hanno risposto a questa debolezza del loro campione con simpatia e comprensione. Forse è un primo passo verso la separazione legalizzata alla quale si spera potranno accedere tutte quelle coppie che stanno insieme o per ipocrisia o perché non hanno i soldi per ricorrere a quella

cosa a dir poco discutibilissima che è la Sacra Rota. Comunque, fintanto che starò fuori, dovremo accontentarci del ricordo di questa notte."
Una voce annuncia il volo di Jay. Un rapido abbraccio informale e poi un *a presto*.
Gianni arriva a Roma che è quasi ora di cena. Decide di andare da Mimmo.
"Ciao Gia'. Che sei solo stasera?" e, senza aspettare la risposta, "Il solito?"
"Ma sì, portami il solito. Tanto la notte la passerò comunque in bianco."
"Ahò, ma che c'è qualcosa che non va? Come mai Mister America non è con te?"
"Mister America è appena partito per il suo Paese."
"Come partito per il suo Paese? Però va tutto bene, no? Scusa l'indiscrezione, sai, ma ormai siete di casa qui."
"Sì, sì, con lui va tutto bene. Il fatto è che sono un po' sotto stress, perché oltre alla partenza di Jay, sto preparando l'esame per la laurea e comincio ad accusare un po' i colpi, sai com'è. Diciamo che in questi cinque anni non mi sono risparmiato."
"Quando ce l'hai l'esame?"
"A novembre."
"A novembre? Ma allora festeggiamo qui. Te e Mister America sarete miei ospiti. Guai a te se me fai lo sgarbo!"
Il ragazzo lo guarda sorridendo.
"Mimmo, sei proprio un amico. Grazie."

Gianni trascorre le giornate fra il lavoro per la tesi e l'attesa delle telefonate di Jay, che sono quasi quotidiane.
"Amore, non preoccuparti se starò qualche giorno senza telefonarti. Ciò significherebbe che sono veramente sotto torchio o che non sono in sede."
"Ma lì da te che si dice, com'è effettivamente la situazione?"
"Come sia effettivamente la situazione credo che nessuno lo sappia veramente. Dopo più di otto giorni che sono qui, vedo molta agitazione, faccio domande alle quali non mi sanno o non vogliono rispondere. Il problema è nato quando alcuni esuli cubani hanno tentato di impadronirsi di Cuba e di rovesciare il governo di Fidel Castro. Il tentativo è fallito dopo appena tre giorni di combattimenti, e questo fallimento ha permesso a Cuba di sfuggire all'influenza della sfera USA.

Il casino è stato provocato dagli uomini della CIA, sembra inviati proprio da Kennedy, il quale, ora, si morde le mani per aver loro permesso di agire. Come vedi è un guazzabuglio che potrebbe portare a un intervento sovietico. La conclusione alla quale sono arrivato dopo avere analizzato tutto questo casino è che il mondo è nelle mani di due soli uomini: Kennedy e Khruscev. C'è di che farsela sotto, non trovi? Comunque con tutto il gran daffare che ho, c'è il vantaggio che i giorni passano più in fretta di quanto pensassi. Mi manchi da morire. Ora purtroppo devo riagganciare. Ti amo, ti amo immensamente."
Jay riaggancia appena in tempo per sentire l'*anche io ti amo* di Gianni.


Durante la sua permanenza a Washington decide di andare a trovare suo fratello David. Una visita rapida, dalla mattina alla sera: non concepisce l'idea di trovarsi in USA e non poterlo vedere.
Arriva a Boston verso le 10,00 di mattina, noleggia un taxi e si fa portare fino alla sua cittadina.
Scende proprio davanti all'officina del fratello. Lo scorge subito, infilato sotto un'auto ad armeggiare, disteso sopra il carrello. Lo osserva mentre posa una chiave inglese; cerca qualcosa che non trova. Si spinge allora fuori dell'auto e si mette in piedi di fronte a un bancone. Prende quanto gli occorre e si volge verso l'apertura dell'officina. David è un omone alto e con qualche chilo di troppo.
Rimane immobile a guardare la figura sulla soglia, accecato dal controluce.
"Ciao, David."
David riconosce subito la voce del fratello e si catapulta letteralmente fra le sue braccia. Lo stringe a sé dondolandoselo di qua e di là, come se fosse un fantoccio.
Jay trova il fratello appesantito e con parecchi capelli in meno, ma il volto è quello gioviale e buono di sempre.
David tira su forte con il naso e poi gli chiede: "Quanto tempo ti trattieni?"
"Purtroppo parto stasera da Boston per Washington. Come stai? Come vanno le cose qui?"
"Io sto bene. Il lavoro è un po' calato, ma non mi lamento. Sembra che siano tutti ansiosi di lasciare questa cittadina per lidi più propizi."
"E... la vita sentimentale come va? Hai qualcuno?"

"No, per il momento no. E per quanto riguarda *certe esigenze* c'è sempre Boston a due passi. E tu? Hai spezzato il cuore a qualche bella italiana?"

"No, David. Per il momento non c'è nessuna italiana, ma quando accadrà sarai il primo a saperlo."

David è una persona semplice. Jay non ricorda che sia mai andato più lontano di Boston. Vorrebbe parlargli di Gianni, ma non gli sembra il momento adatto. Forse in un'altra occasione, quando staranno più a lungo insieme. O forse non glielo dirà mai.

I due fratelli si recano al pub sulla piazza, dove mangiano due bistecche con patatine e bevono birra.

"David, vorrei salutare John. Accompagnami al giornale."

"John è morto pochi giorni fa per infarto. Così, di colpo. Ho provato a chiamarti, ma poi mi è uscito di mente. Parlava spesso di te con affetto e con orgoglio. Diceva che eri una sua scoperta."

"Povero John. In effetti devo a lui il mio primo articolo sul giornale. No, anzi. Lo devo a te. Sei tu ad avermi trascinato letteralmente da lui. Che momenti."

Le ore passano in fretta quando ci si perde nei ricordi.

David accompagna il fratello all'aeroporto. Il loro abbraccio è muto, ma colmo di affetto.

"Se ce la fai, torna prima di partire per l'Italia."

"Vedrò se mi sarà possibile. Tu, piuttosto. Deciditi a prendere l'aereo e venire a trovarmi."

David sorride compiacente. Jay sa che non lo farà mai.


Quando Jay si sveglia, l'aereo su cui vola sta sorvolando l'Atlantico. Ripensa all'incontro con il fratello e si chiede come avrebbe reagito di fronte alla piena confessione della sua relazione con Gianni. Il pensiero di poterlo addolorare lo fa star male. Lui deve tutto a David. Se ora è un giornalista lo deve al fratello e ai sacrifici che questi ha fatti per lui.

Per associazione di idee ripercorre con la memoria la sua vita in America. Era nato in una cittadina sul mare nello Stato del Massachusetts ed era l'ultimo di tre fratelli: il più grande, Mitch, era morto durante un'azione nel Pacifico durante la guerra e l'altro, David, poco incline agli studi e appassionato di motori, aveva aperto un'officina da meccanico. I genitori erano morti in un incidente stradale: un pullman pieno di passeggeri era precipitato in una scarpata a causa di un malore del conducente. Jay aveva allora quattordici anni. David lo aveva preso sotto la sua ala protettrice e gli aveva permesso di continuare gli studi, che il ragazzo portava avanti con profitto.

Nei momenti liberi e durante le vacanze si dava da fare con lavoretti di poco conto come milioni di altri adolescenti americani: dipingere le staccionate dei giardini, tagliare l'erba del vicino, spalare la neve, distribuire i giornali e così via.

Il direttore e proprietario del giornale locale, John, amico e cliente di David, aveva chiesto il permesso di impiegare, durante le vacanze estive, Jay come aiuto nella tipografia. David si era consultato con il fratello per domandargli se se la sentisse di fare quel lavoro. La risposta di Jay fu inaspettata: era sempre stato talmente affascinato dall'odore dell'inchiostro da stampa che, pur di respirarlo ancora, era disposto ad accettare quel lavoro.

Un fatto di cronaca locale diede la svolta alla vita di Jay.

Il deragliamento di un treno avvenuto nelle vicinanze provocò la morte di una quindicina di persone e il ferimento di numerose altre.

La vista dei rottami delle vetture, quella della disperazione dei parenti delle vittime, la vista delle stesse vittime fece rivivere al ragazzo il dramma vissuto quando morirono i suoi genitori e lo colpì talmente che, tornato a casa, chiese a David il permesso di usare la sua macchina da scrivere.

Fece un resoconto fedele di ciò che aveva provato alla vista del disastro.

Alla pietà per i morti aggiunse, con una partecipazione insolita per un ragazzo che ha appena compiuto sedici anni, quella per la disperazione dei parenti delle vittime.

Trascorse quasi due ore a scrivere, battendo sui tasti con foga, fermandosi per brevi pause e riprendendo poi a scrivere con sorprendente rapidità. Finalmente si fermò. Raccolse i fogli dattiloscritti e poi lesse quanto aveva scritto al fratello, che era rimasto a guardare senza disturbarlo.

David era sempre stato un giovane di poche parole. Ascoltò in silenzio e poi, senza pronunciare una sola parola di commento, quasi gli strappò di mano i fogli dattiloscritti, lo afferrò per un braccio e lo trascinò fuori di casa. Attraversò la piazzetta che separava la casa dalla redazione del giornale, sempre tenendo il braccio di Jay serrato nella sua manona, e si diresse verso l'ufficio del direttore. Aprì la porta senza bussare.

John fu sorpreso da quell'irruenza. Si alzò per protestare, ma David gli troncò le parole in bocca. "Leggi qui, John. Leggi quello che c'è scritto e dimmi se mio fratello deve fare ancora il fattorino per te o se merita qualcosa di meglio" e gli sbatté i fogli sulla scrivania.

Jay sorride al ricordo. Chiude gli occhi e reclina il sedile all'indietro, ma non desidera dormire. Preferisce rincorrere i ricordi.

Con l'aiuto di David e l'incoraggiamento di John proseguì gli studi con tenacia e successo, fino a varcare la soglia di una delle più prestigiose università americane di giornalismo. Seguì a tempo pieno tutti i corsi richiesti e nello stesso tempo entrò nella squadra di baseball conseguendo ottimi risultati in entrambe le attività. Concluse gli studi fino a conseguire il Master's Degree. La sua occupazione lo aveva portato a Roma a poco più di vent'anni.

Benedice il suo lavoro che lo ha condotto in quella città e benedice Roma, perché lì ha incontrato Gianni. Gianni ha totalmente rivoluzionato la sua vita. Ha capito che avrebbe potuto amarlo sin dal loro primo incontro. Non era soltanto l'indiscutibile prestanza fisica che lo aveva attratto, ma il suo volto che ispirava tenerezza, fiducia. Un volto che aveva l'impronta di una maschia dolcezza.

Ritorna con la memoria al suo periodo universitario in America.

Lo studio era molto impegnativo e altrettanto lo era l'allenamento sportivo: si applicava con tutte le sue forze per ottenere il sussidio dell'*athletic scholarship*, grazie al quale avrebbe potuto sostenere le spese per il suo mantenimento agli studi.

Ma oltre alla sua perseveranza era necessario il giudizio del *coach*: era lui che doveva decidere se lo studente mostrava di possedere qualità atletiche e prestazioni fisiche di eccellenza.

Non lontano dal *campus* c'era un pub dove, quando potevano, gli studenti si recavano per rilassarsi e, soprattutto, incontrarsi con le ragazze del luogo, il *Millie's pub*.

Come diceva l'insegna, il locale era gestito da una certa Millie, di età incerta ma presumibilmente abbastanza prossima ai quaranta. Era due volte divorziata, ma gli uomini non le erano mai venuti a noia, specialmente se giovani.

Il suo aiutante, Chick, un omino sui cinquanta, mingherlino, miope, innamorato folle della donna, subiva passivamente le sue avventurette:

lui si limitava ad amarla e si accontentava di restarle vicino. Correva voce che fosse impotente.

Millie era rimasta subito colpita da Jay e aspettava il momento opportuno per tendergli l'agguato. Era certa che fosse ancora vergine e si era riproposta di toglierlo quanto prima da quella situazione sicuramente incomoda per il ragazzo.

Con gli altri studenti - quanti erano? - le era sempre andata bene.

Una sera che Jay si era recato alla toilette, Millie, che lo teneva d'occhio sin da quando il ragazzo aveva messo piede nel locale, con la scusa di portare un paio di scatoloni vuoti nel ripostiglio accanto ai servizi, lo aspettò fuori e, quando il ragazzo uscì, lo afferrò per un braccio e, con una mossa decisa, lo trascinò dentro lo sgabuzzino. Poi chiuse la porta a chiave e si accinse a prodigarsi per fare di Jay un uomo.

Jay ha lo sguardo fisso fuori dal finestrino dell'aereo e pensa a quell'esperienza. Era stato quasi uno stupro. Sorride al ricordo.

Ne era uscito orgoglioso di sé, *era stato bravo*, si diceva.

Ma sapeva anche, che, oltre a quella forma di orgoglio machista, non aveva provato altro. Oggi, alla luce dei fatti che erano seguiti, capiva il perché.

Ricorda che alla fine delle partite di baseball, che si svolgevano generalmente di sera, gli studenti si riunivano negli spogliatoi per ascoltare i suggerimenti e i rimproveri del loro *coach,* dopodiché si facevano la doccia, riponevano la divisa nell'armadietto loro assegnato e rientravano nelle rispettive camere.

Accadde dopo una di queste partite che, mentre sistemava la propria divisa nell'armadietto, si accorse che Tom, il *lanciatore* della sua squadra - lui era da poco il *corridore* - lo fissava insistentemente con un lieve sorriso accennato sulle labbra.

Jay non ne capì il motivo, ma ricambiò cortesemente il sorriso sperando che il compagno parlasse. Questi invece, ostentatamente, abbassò lo sguardo dal suo viso al centro dei suoi boxer e poi, sempre ostentatamente, lo rialzò mantenendo lo stesso sorriso. Jay capì e avvampò. Terminò di vestirsi e se ne andò salutando.

Tom non faceva parte del suo gruppo di amici e Jay, tranne qualche breve accenno al gioco da tenere in campo, durante le partite, non lo aveva mai frequentato. Rifletté a lungo sull'episodio accaduto negli spogliatoi e sul tacito invito implicito in esso. Si rese conto che il comportamento di Tom lo aveva turbato, ma non infastidito.

Che cosa gli stava accadendo? Oltre a quello con Millie, aveva avuto pochi altri rapporti completi con alcune ragazze conosciute al pub e che sapeva essere particolarmente disponibili con quasi tutti gli studenti. Oltre a esse, aveva frequentato, per breve tempo, anche quel tipo di ragazze che non permettevano che venissero superati certi limiti. Con nessuna di loro era mai scattato qualcosa di particolare, qualcosa che lo inducesse a pensare di essersi preso la classica cotta. Mai niente. Però lo faceva, perché capiva che *lì* doveva farlo. Ora, meditando su quanto accaduto con Tom negli spogliatoi, si chiedeva come mai il fatto lo avesse turbato al punto di pensarci tutta la sera. La risposta arrivò quando l'episodio si ripeté alla fine della partita successiva e Jay, deliberatamente, rispose all'occhiata di Tom nella stessa maniera. Entrambi capivano che non era prudente parlarsi negli spogliatoi. Avevano fatto in modo di essere gli ultimi a uscire, ma poteva esserci sempre qualche ritardatario nelle docce. Prima di uscire, Tom si fermò alcuni istanti a scrivere su un foglio di carta qualche cosa; poi, passando davanti a Jay, lasciò cadere ai suoi piedi il biglietto che diceva: '*Stasera alle nove dietro al pub di Millie.*'

Jay se lo mise in tasca e lo gettò, dopo averlo sminuzzato in mille pezzettini, in un cestino dei rifiuti che si trovava all'uscita degli spogliatoi.

Alle nove in punto Jay era nel retro del pub. Tom arrivò un po' più tardi sbucando dall'area del parcheggio. Gli passò accanto dicendogli sottovoce "Seguimi" e si avviò verso una Chevrolet. Jay si guardò attorno per assicurarsi che non ci fosse qualcuno, poi raggiunse il collega e salì in fretta sull'auto. Tom innestò la marcia e guidò per circa venti minuti lungo una strada deserta e fiancheggiata da alberi. Prese una traversa a sinistra e si addentrò in un boschetto. Raggiunse una radura e si fermò. Alzò i finestrini, reclinò i sedili e trascinò Jay con sé.

La relazione durò meno di un mese, poi entrambi cominciarono ad accusare segni di stanchezza. Decisero di lasciarsi senza risvolti dolorosi per nessuno dei due. Però Jay imparò una cosa: frequentando Tom, aveva sentito scemare il suo interesse per le ragazze ogni giorno di più.

"Tea? Coffee?" l'hostess è ferma con il carrello di fianco alla sua poltrona. Sul piano del carrello ci sono i due bricchi con le due bevande e le tazze.

"Coffee, please" chiede Jay, sorridendo alla ragazza.

È talmente bollente da non poter tenere la tazza in mano. La posa sul ripiano agganciato al sedile davanti e, in attesa che il liquido si faccia meno pericoloso per la lingua, ritorna ai suoi ricordi.

Certo, il Master's Degree rappresentava un ottimo lasciapassare per la professione.

Jay lavorò per un certo periodo presso il giornale della sua cittadina, dove John gli insegnò diversi trucchi del mestiere. Una sera, prima della chiusura, lo convocò nel suo ufficio.

"Jay, non potrò mai dimenticare il giorno in cui David si presentò qui da me trascinandoti per un braccio, per mostrarmi il tuo articolo sull'incidente ferroviario."

"Neanche io dimenticherò mai quel giorno, John, e soprattutto non dimenticherò mai che quell'articolo tu lo hai pubblicato."

"Avevi dimostrato già da allora il tuo talento."

"Grazie, John. È grazie a te se ho potuto svilupparlo."

"Ascoltami, Jay. Qui da noi sei sprecato e dico questo con molto rammarico. Tu rappresenti un investimento dovunque e per chiunque lavorerai. Ho parlato di te al direttore di The Art And Costume Journal. Il suo nome è Richard Keith. È disposto a prenderti in prova, ma dovrai trasferirti a Boston. Tutta un'altra cosa, non credi? Da parte mia l'ho assicurato che non hai bisogno di nessuna prova, però, lo capisci, questa è la prassi."

"John, sono esterrefatto e commosso. Il The Art And Costume Journal è una rivista prestigiosa."

"Sì, e sono certo che ti dimostrerai alla sua altezza."

E così fu. Keith capì subito il valore del ragazzo e non gli fece neppure superare il periodo di prova per assumerlo. Jay era al settimo cielo. Riuscì a trovare una monocamera con bagno e cucina in una zona di Boston abitata principalmente da italiani.

Per la sua innata simpatia aveva familiarizzato subito con i negozianti del quartiere, con i quali aveva stabilito rapporti caldi e amichevoli. Aveva imparato persino alcune parole d'italiano e cercava di esprimersi in quella lingua quando andava a fare la spesa, senza sapere che quel piccolo tirocinio lo avrebbe aiutato molto in futuro.

Le ragazze lo divoravano con gli occhi, ma lui era molto attento a non creare situazioni scomode che avrebbero potuto portare a degli equivoci imbarazzanti, innanzitutto perché aveva ormai fatto la sua scelta di vita e poi perché non intendeva risvegliare il temperamento *sanguigno* per il quale gli italiani sono famosi. Riuscì a scherzare con la cassiera del negozio di *prelibatezze italiane* e con la padrona del ristorante *Bella Napoli* nello stesso modo cordiale, ma mantenendo sempre le dovute distanze.

Adorava il suo lavoro e quella forma di autonomia che questo gli concedeva. Si applicava molto, con impegno e non si accorgeva che Keith lo teneva d'occhio. Dopo un breve periodo di riflessione decise di scaraventarlo di colpo, senza preavviso, nel *mare aperto,* affinché imparasse a nuotare senza salvagente.

Lo chiamò nel suo ufficio e lo fece sedere.

"Jay, ho dei programmi per te" esordì. "Ti lascio il resto della giornata libero in modo che tu possa fare i bagagli. Ho già pronto per te un biglietto di sola andata per Roma. Roma in Italia, intendo, non quella in Georgia. Ho già parlato di te con il direttore della nostra redazione romana. Il suo nome è Fred O'Donnell: è irlandese, ama molto sia il whisky che il vino, non necessariamente in quest'ordine, è simpatico ed è mio amico. Manderà qualcuno a prenderti all'aeroporto di Ciampino."

Keith aveva parlato di seguito, con il tono serio di chi dà per scontato che si farà quanto viene richiesto. In realtà si divertiva, mano a mano che parlava, a osservare il volto di Jay, che assumeva una gamma di espressioni diverse mano a mano che ascoltava il capo.

"Beh, che fai lì imbambolato? Vuoi diventare o no un bravo giornalista? Sì? Allora sbrigati! Va' a fare i bagagli e domani mattina, prima di partire, passa di qui che devo darti una lettera per O'Donnell."

Jay non aveva aperto bocca. Si alzò dalla sedia senza smettere di guardare il suo capo; poi, riavutosi, gli afferrò la mano e quasi urlò senza rendersene conto: "Grazie, Richard! Grazie infinite! Cavolo, che notizia: Roma in Italia! Non posso crederci. Sei sicuro di non sbagliarti con qualcun altro?"

"Okay, ragazzo, apprezzo molto il tuo entusiasmo" replicò Keith, tentando inutilmente di sfilare la sua mano da quella di Jay. "Ma per favore ridammi subito la mia mano e smetti di stritolarla!"
Jay telefonò al fratello spiegandogli quanto gli era capitato e che la partenza era prevista la mattina seguente. Non ebbe materialmente il tempo di andarlo a salutare.
"David, ti telefonerò. E di' a John che telefonerò anche a lui."

Il giorno seguente, con due valigie e un borsone si recò al check-in con il biglietto in mano. Non riusciva a credere ai suoi occhi: David e John erano lì per salutarlo.
"Sapevo che ce l'avresti fatta, Jay" asserì John. "Con questo incarico posso assicurarti che hai già spiccato il volo. In ogni senso" aggiunse accennando all'aereo. "Non lasciarti montare la testa dai primi successi e dagli incontri con persone importanti. Sii sempre te stesso, il Jay che tutti amiamo, e vedrai che sarai sempre soddisfatto del tuo lavoro."
"Grazie John. Farò sempre tesoro di tutto quanto mi hai insegnato."
La formale stretta di mano si trasformò in un abbraccio affettuoso.
David aveva ascoltato in silenzio. Aprì la bocca per dire qualcosa ma, inaspettatamente, scoppiò in lacrime. "Non farci caso, Jay" gli disse dopo essersi ripreso, con la voce tremante. "Sono lacrime di gioia. Sono felice per te, non immagini quanto. Scrivimi. Chiamami."
Si abbracciarono con forza: sembrava quasi che non volessero staccarsi l'uno dall'altro. Fu Jay il primo a sciogliersi. Si allontanò e, prima di varcare il *gate,* si volse e accennò a un breve saluto con la mano.
Quando salì a bordo aveva ancora gli occhi rossi.

Il fattorino incaricato di andarlo a prendere all'aeroporto, riconobbe subito Jay in base alla descrizione fatta da Keith a O'Donnell.
"Ben arrivato a Roma, Mr Barrett. Io sono Gennaro, il *factotum* dell'ufficio. La macchina è al parcheggio. Dia a me i bagagli."
Jay lo guardò un po' smarrito; poi, avendo imparato nel quartiere di Boston dove aveva abitato che gli Italiani comunicavano spesso con le mani, cominciò ad agitare le sue per fargli capire che non parlava ancora italiano. Gennaro comprese al volo e con un sorriso cordiale lo salutò limitandosi a un "Welcome to Roma, Mr Barrett." Gli prese le due valigie e lasciò a lui il borsone.

Fred era un omone di circa cinquant'anni, sui cento chili, moro, abbronzato con due profondi occhi neri. Accolse Jay con cordialità e lo obbligò subito a chiamarlo Fred.

"Piacere di fare la tua conoscenza, Fred" disse il ragazzo. Poi, non potendo frenarsi, esclamò: "Ma sei sicuro di essere irlandese?"

"È quello che a volte mi domando anch'io. Dovrò indagare sul passato delle mie ave. Jay" proseguì, "ti abbiamo riservato una camera in un hotel non lontano da qui. Nei prossimi giorni ti aiuteremo a cercare una sistemazione adatta alle tue esigenze. Spero che Roma ti piacerà. È una città strana, lo vedrai, ricca di contraddizioni. Forse i suoi difetti sono superiori, per numero, alle sue qualità, ma le sue qualità sono di una tale... qualità che tutto il resto non conta."

Jay venne accompagnato da Gennaro all'hotel. Trascorse la serata a casa di Fred, dove conobbe la sua famiglia, costituita da sua moglie Gilda e dal loro bambino di circa sei anni. Abitavano un po' fuori città, sulla Cassia, in una villetta molto accogliente e arredata con gusto. Venne accolto con molta cordialità da Gilda: "Jay, è un vero piacere conoscerti. Sei proprio come ti ha descritto Richard Keith: '*Bel ragazzo, atletico, abbronzato, moro con occhi scuri*'. Beh, direi che non manca proprio niente. Corrispondi perfettamente alla descrizione."

"Grazie, signora. È un piacere per me conoscerla."

"Chiamami pure Gilda e, per favore, sentiti in famiglia. Jay, ti piace la cucina italiana?" lo interroga la padrona di casa.

"L'adoro. Soprattutto i passatelli" risponde Jay.

"Fred, lo senti? Ne sa più di noi. Jay, sai che non li ho mai saputi fare? Temo che dovrai accontentarti delle lasagne."

Il lavoro all'inizio era quello di routine: impaginazione, correzione delle bozze, scelta del materiale fotografico e così via.

Dopo questo periodo di tirocinio, Jay cominciò a prendere contatto con i personaggi che occupavano la scena italiana. Gli argomenti non mancavano: dalla cronaca mondana a quella politica al cinema. Non c'era che l'imbarazzo della scelta.

Un avvenimento di grande attualità fu la scarcerazione della contessa B., colpevole di avere ucciso anni prima l'amante, un fatto che aveva scosso la nobiltà italiana e che ancora appassionava la gente. Fred incaricò Jay di occuparsene.

Il giovane, dopo accurate ricerche, ritenne che l'argomento non fosse adatto al tipo di rivista per la quale lavorava, più orientata com'era verso la cultura e l'arte, e riferì questa sua opinione al capo. Fred approvò incondizionatamente. Probabilmente aveva voluto metterlo alla prova e valutarne le capacità nonché l'acume.

Roma era una città che stava vivendo un momento magico con il cinema, e di cinema Jay avrebbe dovuto occuparsi.

Ebbe modo di conoscere attrici e attori sia italiani che stranieri: tutti, per un motivo o per l'altro, facevano capo a Roma. Ava Gardner, reduce dal successo personale de *La Contessa Scalza,* rinnovò il guardaroba presso le Sorelle Fontana; Gina Lollobrigida imparò a tirare di scherma per il film *La Donna Più Bella Del Mondo;* Audrey Hepburn girò il colossale *Guerra E Pace* affiancata dal marito Mel Ferrer e da Henry Fonda. Si parlava molto di un'attrice svedese che aveva un ruolo nel film: Anita Ekberg.

Jay svolse il suo lavoro con entusiasmo e capacità. Si sentiva... Ma sì! Si sentiva felice! Felice per il lavoro, felice di essere autonomo, felice di essere a Roma.


Nei primi mesi del 1956 l'annuncio delle nozze Ranieri di Monaco-Grace Kelly suscitò grande clamore, perché fino a poco prima sembrava che la diva vivesse una storia sentimentale con l'attore francese Jean-Pierre Aumont.

Fred ritenne Jay abbastanza adatto per occuparsi dell'evento mondano e in aprile il The Art And Costume Journal uscì con una bella foto a colori in copertina della coppia reale e un ricco servizio fotografico all'interno. Le copie andarono a ruba.


Gli anni passavano rapidamente per Jay e la sua partecipazione alla vita italiana si faceva sempre più intensa. Avrebbe voluto scrivere di tutto e molto spesso si scontrò benevolmente con Fred che invece era più cauto, più attento a non andare fuori dalle righe con la sua rivista. Ci teneva a mantenere la sua impostazione basata essenzialmente su cultura e arte.

"Fred, non ti sembra che i soldi, qui in Italia, circolino a profusione ma che vengano male incanalati? Forse non ho ancora capito bene questo

Paese, ma ti sembra logico che si trascurino fonti di guadagno sicuro come il turismo e l'agricoltura? Non è conosciuta, l'Italia, come la Culla dell'Arte e come il Giardino d'Europa? Non dovrebbero essere questi due aspetti al primo posto degli investimenti, dopo le infrastrutture? L'industria automobilistica aumenta, per fortuna, le vendite, ma le strade sono in grado di sostenere il carico di quella che fra dieci anni sarà la circolazione dei veicoli? Ci si pensa a queste cose?"

"Hai perfettamente ragione, Jay. Purtroppo questa pessima organizzazione è un male endemico dell'Italia. Prevaricano gli interessi personali a scapito del Paese tutto."

"E allora si potrebbe fare un articolo su questo problema, non ti pare?"

"Si potrebbe se l'impostazione della nostra rivista lo consentisse, ma vedi bene che non è così. Daremmo, in questo modo, un chiaro orientamento politico che giungerebbe sgradito ai nostri lettori che, fra l'altro, per la maggior parte sono nostri connazionali, anche se vivono in Italia o, comunque, all'estero."

"Il fatto è che tutto è così difficile, direi ingarbugliato. In qualsiasi campo. Prendi il caso di un film uscito recentemente: La Dolce Vita. Un capolavoro come pochi, uno di quei film da "svolta", esattamente come è stato il neorealismo. Beh, la Chiesa condanna chi lo va a vedere. Ti rendi conto? È ancora possibile una cosa del genere? E la DC lì, buona, pronta a calarsi le braghe. È talmente sottomessa all'ingerenza ecclesiastica che è disposta a sostenere che chi vota DC va in Paradiso e chi vota PC è destinato alle fiamme eterne. A volte mi chiedo se gli alti prelati non si portino in tasca una scatola di fiammiferi, pronti ad accendere qualche rogo."

"Jay, non accalorarti" replicò Fred divertito dalla passionalità del giovane. "Sai invece che cosa ti faccio fare? Ti faccio un'altra proposta. Dovrai occuparti di un personaggio la cui figura sta emergendo nel mondo economico italiano e, oserei dire, mondiale. Si tratta di Enrico Mattei. È un uomo di grande intelligenza e di grande carisma. Si sta muovendo con grande abilità e spregiudicatezza nel mondo petrolifero, specialmente quello mediorientale, senza scrupolo alcuno e pestando senza riguardo i piedi all'America. Che te ne pare?"

"Fantastico. Ma non c'entra anche qui la politica?" domandò Jay.

"Solo in parte. Voglio dire che Mattei fa *costume*. Nel suo campo è quasi un divo e tu devi essere abbastanza abile da intervistare l'uomo, con la sua personalità, la sua umanità e il suo fascino. Dai, datti da fare."
L'articolo su Mattei piacque a Fred, che lo pubblicò subito, e ai lettori della rivista.

Dopo Mattei, Jay ritornò al cinema.
A Cinecittà, dove si trovava per intervistare un noto regista, incontrò un fotografo di scena, Aldo. Si intesero subito, anche se Jay dichiarò sin dall'inizio di non volere legami di nessun genere. Per il momento la curiosità lo portava a sentirsi disponibile verso nuove esperienze. Aldo la pensava esattamente come lui, ed è grazie a lui che Jay conobbe i locali più tipici di Roma, quasi tutti ubicati nel quartiere più caratteristico della città: Trastevere.
Una sera decise di gironzolare in città per conto proprio - con Aldo si vedeva sempre di meno - e si fermò in un bar, il *Blue Velvet*. Gli piaceva il nome. Gli ricordava una canzone in voga in America, gli sembrava nel 1952, cantata da Tony Bennett. O era Perry Como? Di sicuro l'orchestra era quella di Percy Faith.
Comunque era un bel nome per un locale. Era gradevole anche l'interno del bar: un arredo molto sobrio, di buon gusto, con divanetti e poltrone rivestite di velluto blu, com'era logico che fossero. Scelse un tavolino interno e notò che il bar era frequentato principalmente da uomini di varie età. Soltanto un paio di tavolini erano occupati da coppie di donne. Jay ebbe la conferma di quanto immaginava, quando si rese conto di avere attratto l'attenzione di alcuni clienti. Per il momento non se la sentiva di approfittare dell'occasione. Si alzò, andò alla cassa, pagò e se ne andò.
Però era contento di avere trovato quel posto. Almeno ora sapeva dove rivolgersi quando aveva voglia di distrazioni.

Guardando le inserzioni sui giornali riguardanti le offerte di case in affitto, trovò un appartamento di suo gradimento in una traversa di via Dandolo, a Trastevere. Era ubicato in una palazzina degli anni Venti, un piano terra dotato di un giardino soleggiatissimo. Era soddisfattissimo della scelta. Sì, Roma gli piaceva proprio!

Il comandante annuncia il prossimo atterraggio a Roma: il tempo è bello e la temperatura è di 20 gradi centigradi. infine ringrazia i passeggeri per avere scelto la sua compagnia aerea e li saluta.
Jay si scuote dai suoi ricordi. È a Roma e tra poco vedrà Gianni.


Gianni sta sorseggiando il suo caffè, felice del ritorno di Jay avvenuto la sera prima, quando ode lo squillo del telefono.
Al suo *pronto* una voce femminile risponde: "Parlo con l'architetto Bini? Attenda in linea: le passo l'architetto Baldwin."
Gianni sente che le gambe gli cedono. Si siede.
"Hello, Gianni?"
"Buon giorno, Mister Baldwin. Come sta?"
"Molto bene, grazie. Gianni, abbiamo il contratto con il Medio Oriente, perciò l'aspettiamo. Lei è sempre dello stesso parere?"
"Altroché, Mister Baldwin. C'è soltanto che il mio esame di laurea sarà la prossima settimana. Rappresenta un grosso ostacolo, questo?"
"No, non molto grande. Lei è sicuro che non verrà rimandato?"
"Per quanto ne possa sapere io, no. A meno che non ci sia qualche imprevisto da parte della Commissione. Da parte mia, no. Se crede, posso fare un salto da lei e prendere intanto confidenza con le specifiche tecniche o… non so. Me lo dica lei."
"No, stia sereno e tranquillo. Noi l'aspettiamo e lei si faccia onore con la laurea."
"Beh, io non so che dire, Mister Baldwin, se non un grazie grande come una casa. Spero solo di non rappresentare una delusione per lei."
"Non credo che avverrà. Bene. A presto e in bocca al lupo."
Gianni non sta più nella pelle. Vorrebbe chiamare Jay, che è già al giornale, ma poi pensa di riservargli la sorpresa per quando sarà a casa. Però non crede che resisterà tante ore.
Poi pensa: ma è tutto vero? Non è stato tutto troppo facile? E se lo bocciano all'esame di laurea? Nooo. Non è mai successo, che lui sappia. È vero, non è mai successo, ma c'è sempre una prima volta per tutto. Ahò, basta!
Esce e si ferma al bar nella piazza. Caffè e cornetto. Anzi: due cornetti. La radio sta trasmettendo *Moon River.* D'ora in poi quel motivo sarà la colonna sonora della sua vita.

Si alza canticchiando la canzone e si dirige verso Piazza Navona. Si siede sul bordo della Fontana dei Fiumi e si guarda attorno. Che meraviglia di città. Che splendore.

Roma è più che bella. Roma è una continua emozione. Non resiste alla tentazione di chiamare Jay da una cabina.

"Ciao!" esclama felice il compagno. "Una bella sorpresa come questa fa presupporre una bella notizia. Ho indovinato?"

"E quale può essere la bella notizia?"

"Fammi pensare. Ti hanno chiamato quelli dello Studio?"

"Indovinato!"

"Great! Stasera faremo scintille."

"Ti aspetto. T punto A punto. Se non lo avessi capito, sono le iniziali delle due paroline che vorrei tanto dirti."

"Ho capito. Infatti: T per Ti e A per Aspetto. Ti Aspetto. Facilissimo. Comunque la risposta è: io di più!"


Il giorno della laurea è alle porte. Per l'occasione scenderà a Roma la madre di Gianni, accompagnata da Nicoletta e dal marito Roberto. Alloggeranno nella casa che ora è del laureando. Jay capisce la situazione e decide di tornare a casa sua fino a che la famiglia del compagno rimarrà a Roma.

"Ti ringrazio per la tua sensibilità, Jay. Però sia ben chiaro che tu devi essere presente alla cerimonia. Non so cosa ne pensi tu, però io ho intenzione di cogliere questa occasione per parlare di noi due ai miei. Se però questo dovesse crearti qualche imbarazzo, non esitare a dirmelo. Non voglio fare passi sbagliati."

Jay lo guarda con i suoi occhi pieni d'amore. "E se i tuoi dovessero rifiutarmi?"

"Naturalmente per me sarebbe un grande dolore, un dolore immenso. Però io scelgo te" risponde Gianni senza esitazione.

"Io ti ho già scelto sin dal primo momento."

Gianni prende il telefono e compone il numero della madre di Bruno.

È lei che risponde.

"Gianni, che piacere sentirti. Come stai? Dovresti essere vicino alla laurea, vero?"

"Sì, signora ed è per questo che l'ho chiamata. La mia felicità non sarà completa se alla cerimonia non ci sarà anche lei."

"Caro, grazie per quello che mi dici" risponde Giovanna con dolcezza, "ma cerca di comprendere la mia situazione. Se le cose fossero andate come tutti speravamo che andassero, vicino a te, quel giorno, avrebbe dovuto esserci anche un'altra persona. Non ce la farei, capisci? Ti penserò molto, questo sì. Tu sai quanto mi sei caro, però non posso accettare. Ti auguro tanta felicità, Gianni. Tanta. Te la meriti."
"Anche io la penserò molto in quel giorno" la voce si spezza, ma si riprende subito. "E penserò molto anche a Bruno." Abbassa la cornetta.
Jay gli si avvicina e lo stringe a sé.

La laurea viene accolta quasi come un trionfo. Gianni è diventato Dottore in Architettura con il massimo della votazione. Non solo! Ha anche trovato il lavoro. Un doppio motivo per festeggiare.
Quando raggiungono il ristorante - Mimmo era stato avvertito un paio di giorni prima e aveva riservato una saletta tutta per loro - la signora Virginia sta ancora piangendo. Anche Nicoletta è molto commossa e si stringe forte a Roberto il quale lancia delle occhiate a Gianni come per dirgli: 'Che ci vuoi fare. Le donne sono fatte così.'
Jay li sta già aspettando all'interno del locale e Gianni lo presenta ai suoi.
"Mamma, ti presento un caro amico, Jay Barrett. È giornalista e mi ha aiutato molto nelle mie ricerche."
Sa che non è la verità, ma come introduzione può andare. Jay stringe la mano a Virginia che risponde cordiale al sorriso del giovane.
"Jay, questa è la mia sorellina Nicoletta e questo è Roberto, suo marito."
Anche in questo caso le strette di mano sono accompagnate da sorrisi cordiali.
Mimmo li fa accomodare subito a tavola.
Il primo, composto da ravioli con spinaci e ricotta *fatti in casa* - come ci tiene a precisare Mimmo - viene ampiamente apprezzato da tutti. Quando è il momento del secondo, Mimmo si fa avanti.
"Signori, scusatemi tanto se mi intrometto, ma è tradizione che quando il signor Gianni…"
"A Mimmo! Ma quando mai m'hai chiamato *signor Gianni*?"
"Giusto! Dicevo che quando Gianni viene a pranzare qui da me, come primo prende sempre…" fa un cenno al cameriere il quale, assentendo, vola in cucina e torna con una zuppiera piena di *spaghetti alla puttanesca*.

"Mimmo, te possino!" esclama Gianni a quella vista. Poi si rivolge ai suoi, mentre Mimmo serve la pasta, e descrive il piatto, che nessuno di loro conosceva, commentando: "Ce n'è giusto un assaggino per ciascuno. Per me questa è autentica poesia culinaria."

Dopo *l'assaggino* il pranzo prosegue con grande soddisfazione di tutti. Al momento dello spumante, quando tutti tacciono soddisfatti, Gianni, dopo avere invitato Mimmo a sedersi con loro, dà un colpetto di tosse e, rivolgendosi ai suoi cari e in particolare alla madre, dice emozionatissimo: "Mamma, Nicoletta, Roberto, questo è stato un gran giorno per tutti noi. Manca qualcuno, lo so, ma forse ci sta guardando e sorride con noi. Io sono infinitamente felice e soprattutto sono grato a te, mamma, e a papà, perché con i vostri sacrifici mi avete permesso di realizzare questo mio sogno. Ma io vorrei che la vostra felicità fosse completa e potrà esserlo solo se vorrete condividerla con la mia. Vi ho già presentato Jay: è un giornalista. È americano ma è soprattutto un amico. Non solo questo. Jay è la persona… con la quale voglio vivere il resto della mia vita."

Scende un silenzio glaciale che viene rotto dalla signora Virginia che balbetta: "Vuoi dire che…"

"Sì, mamma. Voglio dire che io e Jay ci vogliamo molto, molto bene. Faremmo qualsiasi cosa l'uno per l'altro. Mamma, Nicoletta, Roberto so di avervi procurato uno shock, ma è importante che sappiate che io conoscevo la mia natura sin da quando andavo al liceo. Con voi io ero una persona insospettabile, allegra, ma non avete idea di quanto soffrissi intimamente. Soffrivo perché non mi accettavo e soffrivo perché avevo timore di far soffrire voi. Però io sono il Gianni che conoscete, sono lo stesso Gianni di sempre, con una differenza: ora non soffro più. Riuscite a capirmi? Vi prego" implora, "ditemi che mi capite."

"Ma Francesca?" insiste la signora Virginia.

"Mamma, con Francesca è finita molto tempo fa. Era la persona meno adatta a me che ci fosse al mondo, credimi. Mamma, Nicoletta, Roberto" continua, "vi prego, dite qualcosa. Non pensate a noi due come due degenerati viziosi: noi siamo semplicemente due persone che si vogliono bene; voglio dire che ognuno di noi due vuole il bene dell'altro. Riuscite a capirmi? Sta a voi, soltanto a voi, fare in modo che questo giorno sia veramente il più felice di tutta la mia vita. Vi prego: non trasformatelo nel più triste."

Nicoletta guarda il marito e a Gianni sembra che Roberto le risponda con un cenno quasi impercettibile del capo. La ragazza allora si alza e si avvicina a Jay che fino a quel momento è rimasto in silenzio.

"Benvenuto a nome di tutti nella nostra famiglia, Jay" gli dice, e lo bacia sulla guancia. Il giovane ha gli occhi gonfi. Il cuore sta per scoppiargli in petto.

Rivolge lo sguardo verso la mamma dell'amico e la fissa con insistenza, quasi per sollecitare un cenno da parte sua. La signora, a sua volta, fissa a lungo l'uomo che suo figlio ama. Sembra quasi che gli stia facendo una radiografia. Poi si rivolge a Gianni e gli sorride. È un sorriso un po' triste, ma è un sorriso.

"Beh, ho sempre desiderato un altro figlio. E poi" aggiunge, "se devo essere sincera, Francesca non mi è mai piaciuta."

I due amici, muti, sono commossi al punto di non poter nascondere le lacrime. Quindi Jay prende la mano del compagno e se la porta alle labbra, un gesto che esprime tutto l'amore che li lega.

Anche volendolo, nessuno in quel momento potrebbe fare più niente contro di loro. Mimmo, all'altro capo della tavola, si asciuga gli occhi.


Il giorno seguente i familiari di Gianni decidono di partire. Jay non è presente a causa del lavoro. La sera prima si era congedato dalla sua nuova famiglia con grande calore e, quando era arrivato a Nicoletta, abbracciandola le aveva sussurrato: "Grazie."

Nel salutare Gianni la mamma, stringendoselo forte, gli dice: "Saluta ancora Jay. Mi sembra tanto una brava persona, vero?"

"Sì, mamma. È davvero una gran brava persona."

"Dagli un bacio da parte mia e voglia Iddio che siate sempre felici. Tanto felici. A Natale verrete, vero? Manca così poco."


La sera, quando Jay torna a casa, Gianni gli va incontro sorridendo ed entrambi si abbracciano stretti.

"Tua madre è una gran donna. Superare una notizia come quella che le hai dato in un modo, come dire, così amorevole è veramente da menti illuminate. Quanto a Nicoletta e Roberto, beh, forse dobbiamo tutto a loro due: a Nicoletta perché ha fatto quel gesto nei miei confronti e a Roberto perché, non so se te ne sei accorto, ma è stato lui a indurla a farlo."

"Sì, avevo notato qualche cosa. Comunque tu ti sei meritato tutto. Mamma mi ha detto che le piaci, che ci vorrebbe con loro a Natale e infine di salutarti con un bacio."
"Beh, che aspetti, allora?"

Quando Gianni fa il suo ingresso nello studio, Myra lo accoglie con cordialità e lo conduce subito nell'ufficio di mister Baldwin, il quale si alza tendendogli la mano.
"Ciao Gianni. Benvenuto fra noi e complimenti. Ti sei tolto un bel peso, vero? Volpi ti metterà al corrente di tutto e di come funziona qui da noi. So che fra un po' di tempo mi chiederai sicuramente alcuni giorni di permesso per sostenere l'Esame di Stato, necessario per esercitare in proprio la professione. È un tuo diritto che appoggio incondizionatamente, però ti prego, fa' in modo che non capiti quando il lavoro avrà maggiormente bisogno di personale."
Poi chiama la segretaria: "Myra, per favore porta il nostro Gianni dall'architetto Volpi."
L'architetto lo accoglie come un vecchio collega e comincia a parlargli del progetto.
"Il progetto consiste in un hotel composto da bungalow che gravitano intorno a un nucleo amministrativo, o centro di servizi, che comprendono una hall, bar, ristorante, lounge, dancing, uffici e via discorrendo. I bungalow devono avere tutti la vista sul mare, devono essere indipendenti ma collegati fra loro da sentieri coperti, e tutti devono convergere nel nucleo amministrativo.
"Il lavoro si svolge in questo modo: l'architetto Baldwin si ritira per alcuni giorni nel suo studio. Si rifornisce di carta da disegno, matite, pennelli, colori a tempera ecc. e dopo alcuni giorni si presenta con il progetto preliminare dell'hotel così come lui lo immagina. Il preliminare consiste in una prospettiva a volo d'uccello che permette la visione totale del complesso. Il tutto a colori. Resterai sorpreso di fronte alle capacità pittoriche di Baldwin. A quel punto ci convocherà tutti nel suo studio per esporci le sue idee; a noi il compito di svilupparle, anche con interventi personali che comunque dovranno sempre essere sottoposti al suo giudizio. Da quel momento si comincia a lavorare sui tavoli da disegno e si va avanti con il progetto preliminare che, una volta terminato, verrà sottoposto a degli incaricati del Committente, che esprimeranno i loro

giudizi, le richieste di modifiche e, beninteso, anche i loro apprezzamenti. Tutto questo iter, che si compone di varie fasi, andrà avanti fino alla fine dell'incarico, che coincide perfettamente, e sottolineo perfettamente, con la scadenza fissata nel contratto. E su questo punto non ci sono santi: così ha da essere."

Volpi accompagna poi Gianni a quello che sarà il suo posto di lavoro che, oltre che dal tavolo da disegno, è composto anche da un mobiletto dove si trova, in perfetto ordine, tutto quanto è necessario per lo svolgimento del lavoro: portamine, temperamine, gomme, compassi, squadre, inchiostri vari ecc.

Gianni è senza parole, affascinato. Nota che il tavolo da disegno è diverso da quello che lui ha in casa, provvisto di tecnigrafo. Questo ha un'asta parallela al lato più lungo del tavolo che, manovrata lateralmente da fili, può scorrere parallelamente a se stessa, avanti e indietro sul foglio. "Può sembrarti strana" interviene Volpi, al quale non è sfuggita la perplessità di Gianni. "Ma ti accorgerai che è molto più pratica del nostro tecnigrafo. Con questo sistema l'ortogonalità è assicurata, mentre sai bene che con il tecnigrafo non lo è sempre. Chissà quante volte avrai dovuto sistemare le due righe, perché dopo un certo numero di ore quelli che avrebbero dovuto essere angoli retti, risultavano sempre un po' maggiori di 90 gradi, perché le viti si erano allentate."

Gianni nota che ci sono due individui nuovi che non aveva visto il giorno del colloquio.

"Sono due disegnatori professionisti che ci saranno molto utili quando il lavoro assumerà un ritmo frenetico. E puoi stare tranquillo che questo avverrà molto presto. Vieni che ti presento."

Come ultima cosa Volpi mostra a Gianni una serie di fotografie del sito dove sorgerà l'hotel: una spiaggia sconfinata e un mare da sogno. Non vede l'ora di raccontare la sua giornata a Jay.


È la vigilia di Natale. Alla stazione di A. li attendono Nicoletta e Roberto. Si abbracciano con affetto e poi si avviano verso l'auto. Arrivati a casa, vengono ricevuti dalla signora Virginia che li bacia senza abbracciarli, perché ha la mani impastate di farina. Sta preparando i cappelletti.

In un angolo del lavello c'è il cappone già pronto e pulito per il brodo, oltre a varie verdure come spinaci, carciofi e patate per lo stoccafisso.

"Mamma mia!" esclama Jay sinceramente stupito. "Ma dobbiamo mangiare tutto questo?"

"Vacci calmo, Jay" replica la signora Virginia. "Questo è per il pranzo di Natale. Stasera, come da tradizione, c'è lo stoccafisso con le patate, come si usa qui."

"Stoccafisso?" chiede Jay. "Non è la stessa cosa che il baccalà?"

"Ma per carità, non diciamo eresie. Hai mai mangiato lo stoccafisso?"

"Veramente, no. Però ho mangiato spesso il baccalà. A Roma è piuttosto comune. E mi piace anche molto, fra l'altro."

"Benissimo. Allora assaggialo e vedrai che è tutta un'altra cosa. Ce lo sapremo ridire. Adesso tutti fuori dalla mia cucina, perché mi date fastidio. Nicoletta, tu pensa a pulire le patate per lo stoccafisso e non farle a pezzetti piccoli come piacciono a te. Confondere lo stoccafisso con il baccalà. Roba da matti!"

Jay e Gianni escono dalla cucina divertiti e ridendo di gusto. Roberto li attende nel salottino.

"Non te la prendere, Jay. La signora Virginia quando è in cucina diventa intrattabile."

"Sì, me ne sono accorto, ma è adorabile lo stesso. Roberto, scusami, ma se non ti faccio questa domanda scoppio."

Gianni guarda il compagno con curiosità. Che cosa deve chiedere di così importante al cognato?

"Di che cosa si tratta?" chiede Roberto.

"La sera della cena di laurea, quando Gianni ha rivelato la nostra situazione, mi sembra di avere notato che Nicoletta, prima di alzarsi per venire da me, ti abbia guardato come se aspettasse un cenno. E sia a me che a Gianni è sembrato di averlo notato in un quasi impercettibile movimento della tua testa. È così?"

"Sì, in effetti è così" afferma Roberto.

"Questo ci fa pensare che sia tu che Nicoletta eravate già al corrente di quello che avremmo rivelato. È così?"

"In effetti sì, conoscevamo già la vostra storia e ci aspettavamo che lo avreste rivelato o, meglio, che Gianni lo avrebbe rivelato prima o poi. La festa di laurea ha rappresentato un'ottima occasione e qualcosa ci diceva, a Nicoletta e a me, che tu, Gianni, l'avresti colta al volo."

"Ma noi, voglio dire tu ed io, non ci conoscevamo e non mi sembra che tu conoscessi a fondo neppure Gianni. Allora? Come facevate a esserne al corrente?"

"Allora: le cose sono andate in questo modo" risponde Roberto. "Nicoletta e io lo siamo venuti a sapere una sera che eravamo a cena in casa di amici, da una persona alla quale tu, Gianni, evidentemente non sei molto simpatico."

"Credo di sapere di chi si tratta."

"Sì, non è difficile. Comunque questa persona non si è limitata soltanto a rivelarci quanto tu le avevi detto, ma ha colto l'occasione per fare allusioni molto pesanti su di te. Probabilmente aveva bevuto un po' troppo o forse era animata da spirito di vendetta, fatto sta che ci è andata talmente pesante che la padrona di casa le ha intimato di smetterla e di chiederci scusa oppure di andarsene. Fortunatamente ha preferito andarsene. Naturalmente questa rivelazione ha avuto un effetto piuttosto violento su di noi - a proposito, la signora Virginia non sa niente di questo incidente - ma nessuno degli invitati si è dimostrato particolarmente scandalizzato. Al contrario ci hanno assicurato che per loro ognuno di noi è libero di scegliere di vivere come meglio crede e che comunque prendersela con noi era stata una vigliaccata, oltre che un gesto di grande meschinità. Evidentemente era una vendetta che covava da diverso tempo. Ricordo perfettamente che Nicoletta, emozionata ma ferma, dichiarò che ci voleva ben altro per inquinare i rapporti con un fratello straordinario come te, Gianni. Disse proprio questo e io concordo pienamente con lei. Quanto a te, Jay" aggiunge rivolgendoglisi, "tu ci sei stato presentato come la persona che ama Gianni e che Gianni, a sua volta, ama, perciò questo è un motivo più che sufficiente perché tu venga considerato parte della famiglia."

Jay si rivolge a Roberto e, circondando le spalle di Gianni con il braccio, dice: "Questa è la seconda volta, da quando vi conosco, che provo una grande commozione. Da parte mia posso dire solo questo: che mi ritengo fortunato di avere incontrato Gianni e, con lui, delle persone come voi."

La coppia decide di trattenersi nella cittadina fino al Capodanno. Dormono in camere separate: Gianni nella sua stanza di sempre e Jay in quella che era di Nicoletta. Nessuno dei due ha avuto niente da obiettare su questa sistemazione, consapevoli che forse a Virginia, malgrado sia a conoscenza del rapporto fra i due giovani, sarebbe sembrato disdicevole farli dormire nello stesso letto.

Gianni porta Jay a fare il giro della sua piccola città.

"Come vedi è una cittadina che si attraversa in lungo e in largo in un quarto d'ora, però penso che sia molto gradevole. C'è molto verde, sia pubblico che privato. E poi c'è il mare. Il mare che, almeno per me, è una presenza che mi ha accompagnato da quando sono nato e che mi porto costantemente dentro."

"Sì, è molto, molto gradevole. Ho notato che è anche molto ricca di edifici *art déco.*"

"Esatto, è il massimo che possiamo offrire ai visitatori. Hanno scoperto tracce di una villa romana un po' fuori di qui, a due chilometri dal mare, sebbene alcune tracce come articoli da pesca e gusci di molluschi facciano pensare che in epoca romana il mare arrivasse fino là. Purtroppo per il momento sembra che non ci siano i fondi per portarla completamente alla luce. Un vero peccato."

Parlando si sono avvicinati al *Caffè Centrale,* il più frequentato della cittadina. È di un perfetto, originale stile Liberty: dalle sedie alle appliques. Persino gli affreschi si sono miracolosamente conservati negli anni. Si siedono per un aperitivo, mentre Jay si guarda attorno visibilmente compiaciuto di quanto vede.

"Ciao, Gianni. Bentornato in Patria. Come stai?" Al suono della voce femminile, Jay volge il capo e vede una bella, giovane signora che saluta l'amico.

"Ciao, Elena. Che piacere vederti. Come stai? Siediti qui con noi." Poi, indicando Jay: "Ti presento il signor Jay Barrett, un amico" aggiunge.

Jay si alza per stringere la mano che gli viene porta. "Molto piacere, signora."

"Piacere mio, signor Barrett."

"Che cosa prendi, Elena?"

"Un Campari, grazie."

"E Ettore, che fine ha fatto?"

"Beh, lo conosci. È sempre impegnato con il nuoto. Sta bene. È, come sempre, un po' pignolo, ma poi tu lo conosci."

"Jay" Gianni si rivolge all'amico per renderlo partecipe della conversazione, "il marito di Elena, Ettore, è il mio ex istruttore di nuoto. È bravissimo e, come tale, pignolissimo."

"Beh, mi sembra che con te abbia fatto un ottimo lavoro" poi si accorge troppo tardi della frase compromettente appena pronunciata, ma non sembra che Elena se ne sia accorta.

"Eccolo che sta arrivando." Elena si alza e agita la mano per farsi scorgere. "Ettore, guarda chi c'è qui."

L'uomo si avvicina. Il sorriso è un po' tirato, ma solo Gianni se ne accorge.

Per combattere l'imbarazzo di entrambi, che potrebbe trapelare dai loro volti, Gianni, con prontezza, si alza e abbraccia Ettore proprio come un vecchio amico.

"Gianni, che piacere vederti. Come va?"

"Tutto bene, grazie. Sei in formissima, Ettore. Mi sa che invece io ho messo su qualche chilo."

"Direi di no, per il momento stai nel giusto. Però sta' attento: Roma è una città che impigrisce."

"Ettore, lascia che ti presenti un amico: Jay Barrett. L'ho portato a vedere la nostra bella cittadina."

"Ciao, Jay. Piacere di conoscerti. Spero che ti sia piaciuta." Ettore ha usato subito il tu. "Mi dispiace che dobbiamo lasciarvi subito, ma abbiamo un invito a pranzo e siamo in ritardo. Tanto ci vediamo prima che voi partiate, no?"

"Certo. Mi faccio vivo io. Ciao. Salutatemi i ragazzi."

"Sarà fatto."

Elena ed Ettore si allontanano e, quando sono abbastanza distanti da non essere uditi, Elena si rivolge al marito: "Ettore, non voglio essere pettegola, ma mi sa tanto che fra quei due... eh, che ne dici?"

"Ma no, Elena, che ti viene in mente. E poi proprio Gianni. Ma ti sembra il tipo? No, lo escluderei del tutto."

"Mah! Sarà" conclude scetticamente la donna.

**1962**

Con il nuovo anno, Gianni ha già familiarizzato con l'esercizio della professione. È riuscito a conquistarsi la simpatia di tutti e ad essere stimato per le sue capacità.

Con tenacia e passione è riuscito a entrare ogni giorno di più nel meccanismo della progettazione architettonica e a comprendere, data la sua inesperienza, l'importanza di saper ascoltare e di parlare solo se interpellato. Capita, a volte, che Baldwin gli chieda il suo parere su soluzioni da scegliere e lui, con calma e risolutezza, riesce a farsi ascoltare e apprezzare, anche se non è sua la soluzione che viene scelta.

Il progetto preliminare volge alla conclusione. È giunto il momento in cui il signor Baldwin deve organizzare un viaggio a S. per presentare al Committente, una personalità del luogo, il lavoro svolto. Una volta ottenuta l'approvazione, l'esecutivo verrà sviluppato nello studio e, al fine di non interrompere la continuità del lavoro, saranno alcuni incaricati del Committente che verranno ad effettuare i loro controlli a Roma, controlli che non escludono, peraltro, dei cambiamenti all'ultimo momento.

Mr Baldwin incarica Myra di pensare ai passaporti e alle prenotazioni.

"Quante persone, William?" Myra, data la loro conoscenza che risale ad anni addietro, può permettersi di chiamarlo per nome.

"Fammi pensare un attimo. Oltre a me, sicuramente Volpi." Medita un attimo e poi domanda: "Che ne diresti se portassimo con noi anche Gianni?"

"Mi sembra un'ottima idea. È un ragazzo con dei numeri."

"Bene. Occupati anche del suo passaporto, allora. Ho fiducia in quel giovane."

Gianni non riesce a credere alle proprie orecchie, quando Baldwin gli fa la proposta. Non vede l'ora di dirlo a Jay. Sta avviandosi verso l'uscita, quando Volpi lo blocca.

"Gianni, tanto per organizzarci. Hai la macchina o dobbiamo venire a prenderti noi per andare all'aeroporto?"
"No, grazie. Ho un amico che mi accompagna."

Tornato a casa, ne parla subito con Jay, il quale lo abbraccia con un *wow* gigantesco.
"Sapevo che avresti sfondato. Sono felice e fiero di te. Quando partirete?"
"Non appena saranno pronti i visti."
"E quanti giorni starete fuori?"
"Penso un paio di settimane" risponde quasi con esitazione Gianni. "Non so come farò a stare tanti giorni senza di te. Se mi chiedi di non andare, non andrò" aggiunge con uno slancio quasi infantile.
"Gianni, per favore, non cadiamo in questi equivoci. Si tratta di lavoro, quello che ha cominciato da poco a essere il TUO lavoro. Non puoi e non devi rinunciare, soprattutto ora che sei agli inizi. Pensi forse che io non sentirò la tua mancanza? Ma oggi è così per te e domani sarà così per me. È inevitabile e dobbiamo accettarlo. Sai anche molto bene che io ti amo e devi avere fiducia in me. Una fiducia totale, come quella che io ho in te. Lo esigo!"

Il giorno della partenza è arrivato. Nell'attesa che arrivino gli altri, Gianni e Jay stanno nei pressi del check-in in silenzio. Non smettono di guardarsi e tentano di trasmettere con lo sguardo ciò che vorrebbero dirsi.
"Eccoli che stanno arrivando." dice Gianni vedendo avvicinarsi Baldwin e Volpi.
"Ciao, amore. Spero che questi giorni volino sia per te che per me" sussurra Jay. Si stringono la mano un po' più a lungo del necessario e poi Jay si avvia verso l'uscita.

Dopo un lungo volo, arrivano all'aeroporto di S., dove vengono accolti da due emissari del Committente. L'albergo è lussuoso e ognuno di loro tre alloggia in una suite. Gianni sente subito la necessità di avvertire sia la madre che Jay inviando un telegramma, lo stesso testo per entrambi, tanto per tranquillizzarli: *Arrivato bene. Scriverò presto. Bacioni. Gianni.* Jay non sta più nella pelle per l'agitazione. Sono passati più di otto giorni da quando Gianni è partito e, tranne il telegramma in cui annunciava il suo arrivo a S., non si è più fatto vivo. Vorrebbe telefonare alla famiglia, ma poi pensa che, se neanche loro hanno ricevuto notizie, la signora Virginia potrebbe allarmarsi. È ansioso, preoccupato, i pensieri più neri gli passano per la testa. Torna a casa avvilito.

Dalla cassetta delle lettere spunta qualcosa. È una lettera. È una lettera di Gianni! La apre mentre prende l'ascensore. Legge la prima riga: *Jay, Amore…*

È quanto basta per farlo tornare sereno e tranquillo. Entrato in casa, si dirige verso il salotto, si siede sulla poltrona e finalmente legge.

*Jay, Amore,*

*ho tardato tanto a scriverti perché qui sembra che abbiano assegnato un compito preciso a ogni minuto della giornata e non c'è stato molto tempo per fare i turisti. La prima cosa che mi ha colpito è l'hotel dove alloggiamo. È da favola, credimi. Il lusso è quasi un obbligo, il servizio perfetto e il personale gentilissimo. C'è anche una piscina con il bar nel bel mezzo di essa, pensa.*

*Come ti ho già detto, abbiamo fatto dei brevi giri turistici e la prima tappa è stato il suk, dove hanno tutto quello che si può vedere in un film di De Mille. Il profumo delle spezie ti accompagna dovunque, specialmente il profumo d'incenso. Il paesaggio è molto suggestivo. Domina naturalmente il deserto, interrotto qua e là da macchie di un verde intenso. Mi sembra che oltre al deserto qui domini una povertà tremenda. Non voglio fare della retorica, ma penso che a questa povertà si accompagni un senso della dignità molto raro altrove. E la gentilezza! Tutti, sai, tutti sembrano ansiosi di aiutarti, di rendersi utili. Sono soltanto impressioni superficiali, perciò non so quanto veritiere, però questo è quanto ho ricavato fino ad ora.*

*S. è una bella città: conserva ancora le tracce di un paio di fortini che però non possono essere visitati. Infine abbiamo visitato il luogo dove dovrà sorgere l'hotel. È un'immensa, lunga striscia di sabbia bianchissima al punto che ci potrebbero piantare benissimo un albero di Natale, luci comprese. La cosa strabiliante è il mare.*

*Dei colori che, visti in un film, diresti che sono stati alterati dal technicolor. Domani torneremo sul sito, prenderemo delle misure, aiutati anche da planimetrie che ci siamo procurate con fatica. Faremo un milione di fotografie, butteremo giù un milione di schizzi indicativi e poi torneremo in hotel a fare le valigie. Sarei un bugiardo se ti dicessi che non sono stato contento di avere fatto questo viaggio, però non hai idea di quanto lo sia al pensiero di rivederti e... di tutto quello che seguirà. T.A. più di prima. Gianni.*

Gianni e i suoi compagni di lavoro si salutano all'uscita dell'aeroporto di Roma.

"Contento dell'esperienza, Gianni?"

"Non immagina quanto, Mister Baldwin. Non ho parole per ringraziarla."

"Bene. Allora buon fine settimana. Ci vediamo lunedì. Sicuro che ti vengono a prendere?"

"Sicurissimo. Grazie ancora."

Gianni si guarda intorno alla ricerca di Jay e infine lo scorge. È là in mezzo alla folla e tiene alto un cartello con su scritto: MR GIANNI BINI, come fanno i fattorini degli alberghi quando vengono incaricati di andare a prendere i clienti all'aeroporto.

Gianni si affretta verso di lui, ridendo di gusto.

"Sei proprio tutto matto." Lo abbraccia forte. "Ma come t'è venuta in mente un'idea del genere, eh?"

"Avevo paura di non riconoscerti. Magari mi tornavi col turbante."

In macchina Jay, voltandosi verso di lui, gli dice: "Poi a casa mi racconti tutto. Dimmi solo come stai, se sei felice dell'esperienza e se ti sono mancato."

"Andiamo per ordine: sto benone; sono felicissimo di avere fatto quest'esperienza; ti ho pensato costantemente, anche quando si parlava di lavoro. Era come se ti avessi riposto in un cantuccio, pregandoti di fare il bravo, per poi riportarti fuori al momento opportuno e ripensare a tutte quelle belle cose alle quali mi hai abituato."

"Bene, ora sono più tranquillo. Sono felice che tu abbia conservato le buone abitudini. Poi lo constaterò di persona." Nel dire ciò fa scivolare la mano sull'inguine di Gianni.

"Sta sempre lì al sicuro, vero?"

"Sta' attento alla guida!"

L'arrivo a casa è agitatissimo. È tale la fretta di Jay che chiude rumorosamente la porta con un calcio, poi abbraccia Gianni quasi fino a stritolarlo. Gianni si scioglie ansimando.

"Fammi fare prima la doccia."

"Ottima idea. La facciamo insieme."

All'interno della cabina, dopo essere stati alcuni istanti l'uno in contemplazione dell'altro, aprono il rubinetto e l'acqua, che comincia a scorrere sui loro corpi, accompagna le carezze di entrambi. Le loro mani sono avide di toccare, di accarezzare. Le loro labbra sono incapaci di staccarsi le une dalle altre. Gianni insapona il corpo di Jay e lo cosparge di schiuma, percorrendolo tutto con le mani. Quando queste scivolano fra i suoi glutei, gli si accosta fino a che il suo corpo si unisce con quello del compagno. Nello stesso momento stringe il pugno sul pene di Jay e accompagna i movimenti del suo corpo con il movimento della mano. Si accorge del getto del seme di Jay all'interno del suo pugno nello stesso momento in cui sta eiaculando. È un momento magico. Rimangono nella stessa posizione per alcuni istanti. Finiscono di sciacquarsi, si asciugano e si coricano sazi e felici sul letto. Si rendono conto che il loro è un rapporto saldo anche dopo quasi due anni che stanno insieme, e lo è tanto più in quanto in esso non ci sono ruoli prefissati.

"Sembra che ci siano delle probabilità che mi mandino in Grecia in occasione delle nozze di Juan Carlos di Borbone e di Sofia di Grecia" annuncia Jay con un tono un po' mesto.
"Accidenti! Ho fatto appena in tempo a tornare che te ne vai tu. Quando sarebbero queste nozze?"
"Il 14 maggio. Fra cinque giorni. Perciò dovrei partire dopodomani, se tutto va bene" risponde Jay con un tono piuttosto mesto.
"Jay, ascoltami. Siamo entrambi adulti e lavoriamo. Abbiamo la fortuna di fare un lavoro che ci piace. È già una buona partenza. È vero, c'è l'inconveniente di probabili assenze per periodi indeterminati. Bene. Forse faranno bene a tutti e due. Da parte mia ho la certezza che non farò niente che possa dispiacerti, e comunque non è con questo tarlo che la nostra relazione potrebbe fare molti passi in avanti. Dobbiamo basarci sulla fiducia reciproca. E sulla lealtà. Il che significa che se qualcosa dovesse accadere a uno di noi due, qualcosa di serio intendo, dobbiamo metterne subito al corrente l'altro, per onestà e per dargli la possibilità di prendere le sue decisioni. Non angosciamoci anzitempo. In un certo senso questi periodi di distacco devono servire a renderci più forti. Voglio dire che quanto maggiore è il senso della mancanza, tanto

maggiore è l'affetto che ci unisce e tanto più belli e intensi saranno i momenti del ritorno."

"Come fai a essere così logico, così lucido? Avrei dovuto fartelo io un simile discorso, dato che sono più vecchio di te e, presumibilmente, più saggio. Invece sei tu che mi consoli. Vorrei che un momento così bello durasse per sempre."

"Farò tutto quello che sarà in mio potere perché sia così. Ti voglio troppo bene per non tentare."


Gianni accompagna Jay all'aeroporto e attendono seduti al bar la chiamata del volo. Non ritornano più sul discorso fatto due giorni prima. Scherzano per rendere meno gravoso il loro distacco.

"Salutami tanto Juanito e digli che mi dispiace tanto di non poter partecipare al suo matrimonio, ma ho troppi impegni. Lui capirà."

"Certamente. Anche Sofia ne sarà molto dispiaciuta." Ridono divertiti. Nessuna raccomandazione, nessuna allusione a possibili, reciproche tentazioni. Si salutano con un abbraccio volutamente impersonale, ma fanno in tempo a sussurrarsi nell'orecchio ciò che ciascuno di loro sperava di sentirsi dire.

Escono i primi settimanali ricchi di servizi fotografici sulle nozze principesche. Naturalmente sul The Art And Costume Journal c'è un servizio firmato Jay Barrett e, accanto al titolo di testa, una sua foto. Gianni si sente felice come quando, adolescente, trovava la figurina del calciatore favorito. La ritaglia accuratamente e la incolla su un cartoncino. In attesa di trovare una cornice adeguata, la posa sul comodino.

Si rende conto che non ha fotografie del suo compagno.

Sono passati otto giorni dalla sua partenza e Jay ha telefonato una sola volta, di fretta, perché doveva spedire i servizi fatti fino a quel momento.

"Ti richiamo domani non appena avrò un momento di respiro. Non so ancora quando potrò tornare. Ti amo."

La linea si interrompe prima che Gianni possa rispondere: "Anch'io."

Le nozze reali sono già avvenute, pensa Gianni. Che altro deve fare Jay in Grecia?


La sera dopo, verso le dieci, suonano alla porta. Gianni va ad aprire mentre si chiede se sia o no il caso di telefonare a Jay. Ma decide che è meglio non disturbarlo sul lavoro e soprattutto non apparirgli troppo assillante. Apre la porta.

Non crede ai suoi occhi.

Jay è lì, davanti a lui, sudato, con gli abiti sgualciti e due borsoni in terra. Gianni sta immobile, con gli occhi sgranati.

"Accidenti che accoglienza calorosa. Di fuoco, direi" esclama Jay sorridendo. "Sto bruciando letteralmente."

"Jay! Jay, che felicità!" esclama Gianni. Prende le due sacche, mentre lui entra in casa e si chiude la porta alle spalle. È un bacio frenetico, intenso, mentre le mani di entrambi scorrono lungo i loro corpi allacciati.

"Fammi respirare" ansima Gianni. "Ma non hai le chiavi?"

"E ti pare che mi sarei potuto togliere la soddisfazione di vedere la faccia che hai fatto, se le avessi usate? O se ti avessi detto che sarei tornato oggi?" Di nuovo un bacio.

"Mi sento lercio, un volo schifoso e una fame da lupi. Che ne pensi?"

"Fatti la doccia mentre io ti preparo qualche cosa. Quando avrai finito, decideremo se mangiare *prima* o *dopo*."

"Il *prima* non esclude necessariamente il *dopo*" sussurra Jay attirando a sé Gianni.

"Hai perfettamente ragione. A volte sei geniale" conclude Gianni, svincolandosi e avviandosi verso la cucina.

La notte passa senza che nessuno dei due chiuda occhio.


È arrivato il grande momento dell'inaugurazione dell'hotel. Nello studio fervono i preparativi per la partenza. Al grande evento, oltre che gli esecutori del progetto, sono invitate anche le relative mogli.

Il Committente ha richiesto una copia di tutti gli elaborati grafici del progetto ed anche la *maquette,* arricchita di un sistema di illuminazione interno per evidenziare i singoli ambienti e uno idrico per alimentare la piscina, che ha voluto venisse inclusa nella stessa *maquette.*

"Un vero presepio" commenta Volpi scanzonato.

Gli elaborati grafici riempiono un'intera valigia. La *maquette* ha un contenitore di legno eseguito appositamente, grande più di una valigia e di maggiore spessore.

Un fattorino dovrà portare il tutto direttamente in aeroporto e consegnarlo a un incaricato della linea aerea scelta da Baldwin per il viaggio, durante il quale dovrà averne cura fino all'arrivo a S.

Sono tutti piuttosto eccitati all'idea dell'inaugurazione, tranne Gianni.
In un momento in cui Baldwin è solo, bussa alla porta del suo studio.
"Mister Baldwin, posso parlarle un momento?"
"Certo Gianni. Accomodati pure. Che cosa devi dirmi?"
"Mr Baldwin, ho notato che gli inviti per l'inaugurazione dell'hotel includono la presenza delle mogli."
"Sì, certo. L'invito include la presenza della moglie. Per chi ce l'ha, ovviamente. Chi invece ha l'amante, può portarsela dietro purché non dica che è l'amante. Oppure una persona molto stretta. Però, Gianni, non ho ancora capito qual è il tuo problema."
"Mr Baldwin, forse farei meglio a non partecipare all'inaugurazione."
"Gianni, che cavolo stai dicendo?" Baldwin fa quasi un balzo sulla sedia e il suo tono è alquanto alterato. "Tu hai avuto un ruolo importante nella progettazione. Hai dato il tuo contributo. Non puoi mancare. Non devi! E poi, se mi è lecito chiederlo, perché non puoi venire?"
"Vede, Mr Baldwin, io... non ho una moglie. E non ho neppure l'amante."
Baldwin lo guarda incredulo e poi esplode in una risata fragorosa. "Ma stai scherzando? Uno non è obbligato a essere sposato per poter partecipare all'inaugurazione di un hotel e neppure ad avere l'amante."
"Sì, questo lo so, Mister Baldwin. Veramente la persona molto stretta c'è."
"E allora portala, qual è il problema?"
"Il fatto è che io… ho un compagno e vivo con lui."
Baldwin lo fissa come se fosse diventato di sale. Muto.
"Capisco" mormora dopo una breve pausa che a Gianni sembra lunghissima. *'Ecco che adesso mi licenzia'* pensa. Poi, riprendendo il suo spirito, Baldwin chiede: "Gianni, c'è qualcuno qua dentro al corrente di ciò che mi hai appena detto?"
"No, Mister Baldwin. Nessuno sa niente, perché non c'è alcun motivo che lo sappia. Però ho ritenuto doveroso rivelarlo a lei, così come ritengo doveroso dirle, per il rispetto che le porto, che, in caso di una domanda, come dire, diretta, la mia risposta sarebbe altrettanto diretta. Con chiunque." Mano a mano che Gianni si apre diventa sempre più diretto, quasi audace.
Ecco che si sta presentando l'altra previsione supposta dal giovane quando si chiedeva, in passato, in quale modo avrebbe affrontato la situazione nel caso la rivelazione fosse avvenuta nel posto di lavoro.

"Mister Baldwin, io VOGLIO che la gente mi accetti per quello che sono e non per quello che pensa o vorrebbe che io fossi. E lo devono fare senza sforzi, così come anch'io, senza sforzi, accetto la gente per quello che è."

"Una soluzione deve esserci. Potrebbe passare come tuo fratello, oppure…"

"È questo il fatto, Mister Baldwin" lo interrompe Gianni. "Vede, io non intendo sbandierare al mondo che Jay – si chiama Jay ed è un suo connazionale – e io siamo una coppia, come se volessi lanciare una sfida. Niente del genere. Io voglio soltanto che questa cosa sia presa con naturalezza… non so come spiegarmi ma, in parole povere, se io dovessi presentare Jay come mio fratello, sarebbe come se mi vergognassi di lui ed è questo il punto: io sono molto orgoglioso di Jay e felice del mio legame con lui. Riesce a comprendermi, Mister Baldwin?"

Baldwin lo guarda a lungo, quasi con tenerezza.

Ha ascoltato con interesse ciò che il ragazzo gli ha detto. Non può non provare rispetto per quanto gli ha confessato, per la dignità e fermezza con cui lo ha fatto.

"Gianni, pur rendendomi conto che la situazione è complicata e di non facile soluzione, non posso non apprezzare la tua serietà e la tua onestà… Beh, sai che ti dico? Jay verrà all'inaugurazione semplicemente come Jay. Qual è il suo cognome?"

"Barrett" risponde Gianni con un filo di voce.

"Beh, Jay verrà come l'invitato Jay Barrett. Non c'è bisogno di nessun'altra spiegazione. Che lavoro fa?"

"È giornalista."

"Ma è fantastico!" esclama Baldwin. "Jay sarà l'inviato speciale per il servizio di questa cerimonia di inaugurazione. Per quale giornale lavora?"

Gianni dice il nome della testata.

"Fantastico! Ci penso io. E tu stai tranquillo. Io non ti mollo per queste scemate. Ora va' al tuo tavolo e lavora!"

Tornato a casa, Gianni non sta più nella pelle.

"Jay, ti ho trovato un lavoro. Sarai il reporter ufficiale per l'inaugurazione dell'hotel. Che ne dici?"

Jay è sbalordito.

"Dico che sei grande. Com'è successo?" Gianni gli parla del suo colloquio con Baldwin.

"Ma ti rendi conto di che cosa hai rischiato? Avresti potuto perder il posto in quattro e quattr'otto."

"Jay, lo sai come la penso. Il primo scoglio era costituito dalla mia famiglia ed è stato superato alla grande, grazie all'affetto che ci ha sempre tenuti uniti. Il secondo, il più arduo, è stato superato grazie alla mente piuttosto aperta di Baldwin."

"Bene, sono contento. Comunque dovrò parlarne con il mio capo e convincerlo che si tratta di un grande scoop."

L'hotel è uno sfolgorio di luci: ogni particolare decorativo di pregio è illuminato da una fonte luminosa nascosta in modo da dare l'impressione che l'oggetto brilli di luce propria.

Le Cadillac, le Buick, le Chevrolet sfilano incolonnate sul viale d'accesso e, per ognuna che si ferma davanti all'ingresso, c'è il valletto in livrea che si precipita ad aprire la portiera per fare scendere personalità locali e non, generalmente accompagnate da donne elegantissime e truccatissime.

Il direttore dà a ciascuno di loro il benvenuto e gli invitati, con aria distaccata, si avviano verso il *lounge room* che sbalordisce per la sua eleganza sfarzosa, secondo il gusto locale.

Il soffitto è evidenziato da una grande cupola circolare, a sesto ribassato, suddivisa in spicchi convergenti verso il centro, ciascuno dei quali non è che un pannello formato da un mosaico di cristalli policromi disposti in modo da formare disegni geometrici. I colori sono esaltati da fonti di luce nascoste nell'anello di chiusura posto al vertice della cupola il cui scopo è quello di apparire, di notte e dall'esterno, come il calice capovolto di un fiore.

Il cerchio interno della cupola si riflette, perfettamente in asse con essa, nella vasca sottostante, dal bordo molto ampio, rivestita internamente con mosaici color turchese e oro ed esternamente da marmo italiano. Dal centro della vasca si innalza uno zampillo di acqua profumata che cambia di colore e di altezza a seconda della musica che l'accompagna. Il pavimento della grande sala è rivestito con marmi di provenienza diversa e tutta l'area della grande sala è circondata da un colonnato che, seguendo perfettamente la curvatura della fontana, è arricchito da una galleria superiore che lo percorre per tutta la sua lunghezza.

Le colonne sono a pianta ottagonale e su ciascun lato di ognuna di esse, nascoste all'interno di una piccola scanalatura, delle luci continue illuminano i capitelli dando l'impressione che questi ricevano un bagno di luce.

Al di là del porticato, sono disposti, in modo da risultare in asse con l'apertura degli archi, gruppi di salottini, separati gli uni dagli altri da Moucharabieh di cristalli policromi.

Jay è seduto al bar in compagnia di Baldwin, di Volpi e relative mogli e di Gianni. Ha già scattato numerose fotografie. C'è anche l'operatore cinematografico che l'aveva accompagnato durante i Giochi Olimpici.

Jay racconta che c'è voluto del bello e del buono per convincere il direttore della rivista ad affidargli l'incarico, ma alla fine l'ha avuta vinta ricorrendo all'amor patrio – infatti lo studio di progettazione è americano – unito all'ineguagliabile design italiano. Inoltre c'è stato l'intervento risolutivo di Baldwin che ha insistito per averlo come reporter ufficiale.

A metà serata fa il suo ingresso il committente, accompagnato dalla moglie. Sono entrambi entusiasti del lavoro svolto e Baldwin sente in dovere di dividere gli elogi con Gianni, che presenta come il suo collaboratore più giovane, quindi si offre di fare da guida agli ospiti e mostrare loro ogni angolo dell'edificio.

Il ricevimento prosegue per un paio d'ore, fino a che gli ospiti si dirigono verso i bungalow loro assegnati. Giunti davanti ai loro, Baldwin, prima di entrare nel suo, si rivolge a Gianni e a Jay raccomandando: "Ragazzi, domani puntuali se volete visitare il suk, perché dopodomani si torna a casa."

Jay sistema tutto il materiale raccolto durante il soggiorno a S. e si reca in redazione per mostrarlo al capo. È felice di avere fatto con Gianni quella breve vacanza. È la prima che passano insieme e il legame che si è stabilito fra loro due sembra farsi ogni giorno più saldo. Non avrebbe potuto essere più fortunato. Le relazioni precedenti non avevano mai superato i due mesi come durata.

Gianni aveva saputo legarlo a sé senza fare niente di particolarmente vincolante. Lo aveva semplicemente amato per quello che era e si era fatto amare nella stessa maniera.

Jay non aveva mai indagato sulle sue passate relazioni, prima che si conoscessero, e su quanto fossero durate.  Con il fisico che si ritrova, pensa, non deve avere faticato molto, ma quello che aveva maggiormente affascinato Jay era il suo viso, i lineamenti marcati senza essere duri, gli occhi chiari e quell'espressione dolce che lo aveva letteralmente conquistato. Era felice di vivere in Italia. Era strafelice di vivere a Roma. Jay pensa a tutto questo quando scende dalla macchina.

Da una traversa di via Bissolati sbuca una Seicento senza rispettare lo stop. Jay viene colpito al fianco e sbattuto in terra. Ha la gamba ferita e un dolore insostenibile.

I presenti hanno l'accortezza di non muoverlo e di attendere l'arrivo dei soccorsi.

Quando l'autoambulanza entra al Pronto Soccorso, Jay è perfettamente cosciente. Chiede subito di poter telefonare. L'infermiera gli comunica che fintanto che non avrà completato tutti gli accertamenti, non potrà farlo. Però, aggiunge, può lasciare uno o due recapiti telefonici e penseranno loro a contattare la persona indicata.

Jay dà subito i numeri presso i quali è possibile rintracciare Gianni: quello di casa e quello dello studio. Quindi viene deposto su una lettiga e trasportato verso gli ambulatori.

Myra chiama Gianni alla derivazione interna.

"Gianni, c'è l'ospedale S.B. per te."

"L'ospedale S.B. per me? Che cosa vogliono?"

"Non lo so. Te li passo."

Gianni non riesce a capire chi possa chiamarlo da un ospedale. Di Roma, oltretutto. L'idea che Jay possa essersi infortunato non lo sfiora lontanamente.

"Pronto? Sono Gianni Bini. Avete chiesto di me?"

"Sì, signor Bini. Lei conosce il signor Barrett Jay?"

A quel punto l'angoscia lo attanaglia allo stomaco. "Sì, lo conosco. Che cosa è successo?"

"È stato il signor Barrett a chiederci di telefonarle. Ha avuto un incidente."

"Un incidente? Ma è grave?"

"Non lo sappiamo, signor Bini. Per le informazioni dovrà rivolgersi al Prof. Maggi, reparto ortopedia."

Gianni riaggancia come un automa. Poi corre da Baldwin.

"Mister Baldwin, devo correre all'ospedale S.B. Jay ha avuto un incidente."

"Cavolo! Questo non ci voleva. Fatti subito accompagnare da Volpi e dammi subito notizie. In gamba e non agitarti. Auguri."

Raggiunto l'ospedale, Gianni si fa indicare il reparto del Prof. Maggi. Un'infermiera gli suggerisce di rivolgersi in medicheria. Il Professore difatti si trova lì.

Gianni si presenta e gli chiede notizie del signor Barrett.

"Lei chi è? È un parente?" è la prima cosa che il medico chiede a Gianni.

"No, professore, non sono un parente, ma sono la sola persona che il signor Barrett conosce qui a Roma." Sa di mentire, ma non trova un'altra scusa. "D'altra parte è lui stesso che ha chiesto di me."

Il medico lo fissa per un istante. Forse intuisce.

"Il signor Barrett ha subìto una brutta frattura del femore in seguito a un incidente d'auto. Non possiamo ancora pronunciarci in merito, perché sta ancora eseguendo tutti gli esami del caso. Ci auguriamo che non si tratti di una frattura scomposta. Il fisico robusto e atletico del signor Barrett farebbe escludere questa ipotesi, però è meglio aspettare gli esiti ufficiali."

"Professore, quali sarebbero i rischi che il signor Barrett potrebbe correre nel caso di una frattura scomposta?"

"Diciamo che fra i rischi in agguato il più grave sarebbe quello di un'embolia, causata da frammenti di midolli ossei che entrerebbero in circolo con il sangue, indipendentemente che la frattura sia o non sia scomposta. Ma tutto quello che le sto dicendo, signor Bini, è soltanto a scopo informativo. Domani saremo senz'altro più esaustivi."

"Posso vederlo?"

"Assolutamente no. Come le ho detto, è in giro fra i vari reparti per tutti i tipi di esami necessari. Dopo di che si procederà subito con l'intervento chirurgico."

"La ringrazio, professore. Sarò qui di nuovo domani mattina."

"Meglio nel pomeriggio. Nel pomeriggio ci sarò anch'io. Buona sera."

"Buona sera, professore, e grazie."

"Bene, tanto per tranquillizzarla, le dico subito che la frattura non è scomposta, perciò si può dire che buona parte dei problemi sono risolti."
"Ma lui come sta? Soffre molto?"
"Beh, un po' di dolore certamente lo sentirà, dopo che l'effetto dell'anestesia sarà scomparso. È stato necessario l'inserimento di un chiodo, il che, specialmente agli inizi, non è molto gradevole. Ma poi con la riabilitazione si sistemerà tutto nel migliore dei modi, stia tranquillo."
"E per quanto riguarda la riabilitazione che cosa può dirmi?"
"All'intervento chirurgico seguirà un periodo per la riabilitazione la cui durata ed efficacia dipendono dai tempi di recupero, che, a loro volta, dipendono dalla capacità di recupero del singolo malato. La prima cosa che generalmente si fa sono esercizi di respirazione ed esercizi riguardanti la postura a letto, che va variata ogni giorno onde evitare la formazione di piaghe da decubito. A questi esercizi seguiranno l'uso del deambulatore e delle stampelle, al fine di riprendere a camminare e riacquistare quell'equilibrio che gli consentirà di acquisire un'andatura corretta, senza gravare con il peso del corpo sugli arti. Se poi il suo amico ama il nuoto, le posso dire che quello rappresenta la migliore terapia per il recupero. Ora, se crede, può vederlo."
Gianni entra nella stanza di Jay il quale, dal letto, gli rivolge uno sguardo sconsolato da cane bastonato.
"Ci mancava proprio questa" dice, mentre Gianni si avvicina. Si china su di lui e lo bacia sulla fronte. Jay si guarda attorno per accertarsi che non ci sia nessuno, poi afferra Gianni per la camicia e lo attira verso di sé. Questa volta è un bacio vero.
"Finalmente" sussurra Jay. "Morivo dalla voglia di farlo."
"Non riesco ancora a credere che ti sia capitata una cosa del genere. Comunque è già partita la denuncia verso il guidatore della Seicento. Ci sono un sacco di testimoni disposti a deporre."
Gianni guarda la faccia mesta di Jay e sorride, comprensivo. "Ti fa molto male?"
"Solo quando rido" risponde il compagno, rifacendosi alla battuta di un film in cui la stessa domanda era rivolta ad un tizio che aveva un coltello piantato nella schiena.

"Sei proprio scemo" dice sorridendo Gianni. "Vuoi che telefoni a David? Vuoi che lo informi?"

"No, grazie. Si preoccuperebbe troppo. Fra un paio di mesi sarò di nuovo completamente sano. Ci pensi che guaio?" riprende Jay. "Dovremo starcene *calmi* per un sacco di tempo."

"Chi te l'ha detto? Lascia fare a me."

"Questo vuol dire che sono nelle tue mani, dunque?"

"Appunto" risponde Gianni con un'occhiata piena di sottintesi. "Lascia fare a *loro*."

In quel momento entra un'infermiera dal volto cordiale, piccola e rotonda. Si avvicina al paziente.

"Come va, signor Jay? Sente dolore?" accompagnando la domanda con un sorriso pieno di denti. Nel frattempo gli infila il termometro in bocca, rassetta il letto e cambia la flebo. Dal modo in cui gli parla e lo guarda è chiaro che ha un debole per l'infermo. Gli toglie il termometro e gli passa una mano sulla fronte.

"No" dice. "Si sente anche così che non ha febbre. A più tardi, signor Jay. Suoni, se ha bisogno. Oggi sono di turno io."

"Bene, bene" osserva Gianni dopo che l'infermiera se ne è andata.

"Ci diamo da fare, vero?"

"Vuoi che le dica di noi?" replica Jay.

"Sei matto? Quella è capace di sbriciolarti anche l'altro femore."

Jay sorride e chiude gli occhi. Ha sonno. Gianni lo bacia e lo saluta.

"Torno domani sera. Nel frattempo tu comportati bene."

Jay sorride ancora, tenendo gli occhi chiusi. Prima che Gianni abbia raggiunto la porta, si è già addormentato.


Jay rimane in ospedale circa due settimane. Gli esercizi necessari per il recupero può eseguirli anche a casa. Gianni ha comperato una cyclette, che rientra nell'allenamento che Jay dovrà eseguire. È giovane e forte e la guarigione è rapida. Si iscrive a una palestra con Gianni, dove entrambi possono esercitare il nuoto, che ha seguitato ad essere una grande passione per Gianni ed è basilare per la forma fisica di Jay.

Quell'anno il Natale lo passano da soli, a Roma. È Gianni che, parlando con la sua famiglia, dice che non è prudente che Jay si sottoponga alla fatica del viaggio con la gamba ancora debole.

In realtà ha voglia di stare solo con il suo compagno. Prima di comunicarlo ai suoi, Gianni gli aveva domandato se era d'accordo e Jay gli aveva risposto nel modo più convincente che conosceva: stringendolo forte fra le sue braccia.

# 1963

Gianni e Jay sono seduti al tavolo di un bar, all'ombra di un grande ombrellone bianco, e si godono il caldo sole estivo di Roma in Campo de' Fiori.

Gianni è intento a osservare il suo compagno che si guarda intorno con espressione serena e un sorriso appena abbozzato.

"Hai un'aria simpaticamente soddisfatta. È troppo se ti chiedo perché?"

"Sto pensando" risponde Jay, "alla fortuna che ho avuto nell'avere la possibilità di vivere a Roma. È una città unica, una strega. Sarà il clima, sarà la storia, sarà l'arte, sarai tu" e nel dire ciò afferra la mano di Gianni, "ma per me è la città più bella del mondo."

"Sì" conferma Gianni, "è una città che indubbiamente ti strega, ti coinvolge. Non si spiegherebbe altrimenti l'afflusso di turisti che ha ogni anno. Credo che sia la città in cima alla lista delle più visitate nel mondo."

"Non stento a crederlo" replica Jay. "Quello che non mi spiego è perché la politica non sfrutti questa grande risorsa che è il turismo. Non parlo solo di Roma, ma di tutta l'Italia, con il favoloso patrimonio artistico che possiede. Possibile che i politici non si rendano conto che i turisti portano valuta pregiata?"

"Non lo so. Non so spiegarmelo neppure io, o meglio, la spiegazione sta in interessi economici che riguardano i pochi e trascurano i molti" osserva mestamente Gianni. "Hai ragione. C'è una forma di lassismo che non è concepibile. Che la politica sia una cosa sporca è noto, però in altri paesi hanno il buon senso di 'agire', di far capire ai cittadini che parte delle tasse che pagano va a buon fine. Qui no: ti danno il minimo e a volte neanche quello. Siamo indietro, non c'è dubbio. Prendi, per esempio, la questione della Centrale Nucleare di Latina. Avrebbe dovuto essere la prima di diverse altre in Italia. Invece è ferma, perché Saragat, con considerazioni di carattere economico e tecnologico che numerosi giornalisti hanno definito del tutto campate in aria, ha ritenuto opportuno bloccare tutto, provocando da parte della stampa attacchi feroci e ironici per la sua incompetenza."

"E non si può dire che con la Chiesa le cose vadano meglio" aggiunge Jay. "Ho detto Chiesa, ma avrei dovuto dire Vaticano. Pensa a quando Giovanni XXIII ha ricevuto in Vaticano il genero di Khruscev, accompagnato da moglie e figlia. Nell'Episcopato fu scandalo! Ma non basta. Ricordi quando in aprile venne pubblicata la sua enciclica Pacem In Terris? Ma che cavolo deve fare un Papa se non parlare dei problemi delle classi meno abbienti, della condizione femminile, del fatto che i contrasti fra i popoli vanno risolti con la collaborazione reciproca e non con le guerre. È un'enciclica che rivela sensibilità, apertura mentale. È un documento indirizzato a tutti gli uomini, credenti e non credenti. Eppure anche quella ha fatto storcere la bocca a molti. Alla sua morte persino Khruscev ha inviato un messaggio personale di condoglianze. La stessa DC è sorda a questi messaggi, occupata com'è a favorire la devastazione della periferia romana da parte di costruttori senza scrupoli. Paolo VI? Non so. È indubbiamente una persona di grande intelligenza e grande cultura, ma mi sembra fragile, debole malgrado sia animato da buona volontà. L'ho fatta lunga, eh? Ma è perché amo Roma che me la prendo. Forse non dovrei. Come dite voi italiani? Ah! *Speriamo!*"

"Sì, speriamo. Questa è l'Italia" commenta Gianni. "Sai, Jay, la cosa che mi sconcerta maggiormente è che si respira aria di benessere dovunque eppure questa sensazione mi spaventa, perché non mi sembra che questo benessere sia bene incanalato. Ho l'impressione che tutto questo prima o poi cambierà e non sarà per il meglio. Spero proprio di sbagliarmi."

"Appunto" aggiunge Jay. "Speriamo!"


Jay entra in casa e anziché dirigersi, come di solito fa, in camera da letto per cambiarsi, entra nel salotto e sprofonda in una poltrona. Gianni, che lo ha sentito entrare, lo raggiunge nel soggiorno e nota che lo sguardo del compagno è quasi allucinato, evidentemente fisso su un pensiero; ma è soprattutto il suo pallore che lo impressiona.

Gli si avvicina, gli fa scivolare la mano sulla guancia. "Jay, che cosa hai? Ti senti poco bene?"

"Hanno ucciso Kennedy. È arrivato poco fa un comunicato in redazione. È stato ucciso a Dallas, la prima delle tappe previste in Texas, durante il corteo organizzato per lui."

Gianni va subito al televisore e lo accende. Le immagini che appaiono subito sono eloquenti o, più esattamente, agghiaccianti. Si vede dapprima l'auto in cui il Presidente e la moglie Jacqueline compiono il primo dei giri pre elettorali in uno Stato contrario alla politica anti razziale di Kennedy. Fra loro due il Governatore del Texas Connally. Seguono le auto di scorta e quella con il vice presidente Johnson.

Il Presidente alza la mano destra per salutare la folla che fa ala al corteo. All'improvviso Kennedy cade quasi in grembo alla moglie. È già stato colpito. Una frazione di secondo e anche il Governatore subirà la stessa sorte. Il commentatore dice che la pallottola ha reciso la carotide per poi infiggersi nel cervello del Presidente. Nell'ospedale di Dallas, dove viene condotto, a nulla valgono i tentativi dei medici: Kennedy muore senza avere ripreso conoscenza. Il governatore Connally è grave.

Gianni osserva Jay che sta con gli occhi puntati verso lo schermo. Il suo sguardo è un misto di orrore e di dolore. Gianni si siede sul bracciolo della poltrona e circonda con il braccio le spalle del compagno. Questi, sempre fissando le immagini che la televisione trasmette, gli prende la mano. Il video trasmette ora le immagini di un giovanotto scortato da due poliziotti. Il commentatore spiega che si tratta dell'autore dell'attentato, Lee Oswald. A quanto pare il colpo è partito dalla finestra del magazzino di libri in cui l'accusato lavorava e dove erano stati trovati i bossoli dell'arma usata.

Il giovane attentatore è stato arrestato in un cinema dove si era rifugiato, dopo che si era dato alla fuga per avere ucciso un poliziotto che gli aveva chiesto i documenti, evidentemente insospettito dal suo atteggiamento. Durante il breve percorso che intercorre fra la stazione di polizia e l'auto che lo accompagnerà alla prigione, dalla folla sbuca la figura di un uomo che fulmineamente scarica la sua pistola su Oswald. Il nuovo personaggio di questa tragedia si chiama Jacob Rubenstein ed è conosciuto come Ruby, proprietario di night club e probabilmente legato alla mafia, il quale dichiara di avere ucciso Oswald per vendicare la morte di Kennedy.

Il servizio si conclude con le parole dello speaker che dichiara che, con la rapida successione dei fatti eccezionali che hanno caratterizzato questa grande tragedia, il caso può ritenersi tutt'altro che chiuso come ha dichiarato, invece, il Capo della polizia di Dallas.

Gianni e Jay rimangono a lungo seduti senza parlare, sopraffatti da quanto hanno visto. Jay si scuote e attira a sé Gianni.

"Devo partire subito per Washington. Dovrò presenziare alle esequie che si terranno là il 24 e il 25. Sarò di ritorno quasi subito dopo."

Si reca in camera e riempie una valigia con quanto gli sarà necessario per il breve soggiorno. Gianni sa che in quei momenti deve rispettare il silenzio di Jay. Sa anche che avrà tutte le risposte alle domande che vorrebbe fargli, quando Jay sarà pronto per farlo e in quel caso non occorrerà che sia lui a sollecitarle.

*Washington, 11,26,1963*
*Gianni, amore.*
*Ho appena trasmesso alla rivista il resoconto sui funerali del presidente Kennedy, fotografie comprese. Ma con te voglio esprimere il mio dolore non in modo ufficiale, ma come si fa in genere quando ci si rifugia fra le braccia della persona amata per cercare conforto.*

*Forse troverai esagerato questo mio sentimento che, però, da quello che ho potuto verificare, credo sia comune a tutti gli Americani. Anche se può sembrare retorica, credo che tutti abbiano creduto in lui, anche gli avversari, che pur avendo diverse ideologie, comunque lo rispettavano.*

*Ciò che lo rendeva grande era la sua mente lucida, limpida, rivolta verso gli interessi di tutti gli uomini, non soltanto del suo popolo. Ci sembra, mi sembra difficile, impossibile che tutto quello in cui ci aveva fatto credere e sperare possa ripetersi ed è questo che acuisce il dolore di tutti noi: il dolore di quando ci viene tolta la speranza. Quando sono arrivato sulla Rotonda del Campidoglio, la signora Kennedy era già lì con la piccola Caroline e il piccolo John-John. Si è avvicinata al feretro tenendo per mano la bambina. E qui c'è stato il primo momento di grande emozione. La bambina si è inginocchiata con la madre e ha toccato con la sua manina la bara, quasi a volere trasmettere una carezza al suo papà. È stato difficile non commuoversi, credimi.*

*Quanto alla signora Jacqueline, con il suo dolore muto, ha dimostrato di essere un'autentica First Lady, all'altezza del suo sposo. Durante tutto il percorso che va dall'ospedale alla Rotonda non lo ha abbandonato un solo istante. Dopo un ultimo bacio, è rientrata con i figli nel suo alloggio alla Casa Bianca. Per l'ultima volta.*

*Il giorno dopo, i funerali si sono svolti nella chiesa di San Matteo. Era presente, oltre a Jacqueline, anche la madre di Kennedy, la signora Rose, accompagnata dal figlio Edward. E anche qui si è verificata una cosa che ha toccato il cuore di tutti i presenti. Al passaggio del feretro di Kennedy diretto al cimitero di Arlington, il piccolo John-John si è messo sull'attenti, istintivamente, portandosi la manina sulla fronte come tutti i militari che facevano ala al corteo.*

*Ci tenevo a farti partecipe di queste due cose che mi hanno particolarmente commosso. Volevo dividere la mia emozione con te. È tutto. Sono pronto per partire. Voglio soltanto fare un salto da mio fratello per parlargli di noi. Poi di corsa da te.*

*Non mi sei mai mancato così tanto.*

*Ho bisogno di abbracciarti.*

*Ho bisogno di te.*

*Con tutto il mio amore. Jay.*


Jay arriva nella sua cittadina con un'auto noleggiata all'aeroporto di Boston verso le dieci di mattina. Trova l'officina di David chiusa. Pensa di avviarsi verso la casa dove ha vissuto la sua infanzia, ma passa prima al pub.

Il proprietario lo riconosce subito. Gli va incontro e gli stringe la mano cordialmente.

"Ciao, Jay. Mi fa piacere rivederti. Come mai da queste parti?"

"Vengo da Washington e ho pensato di venire a salutare David, prima di ripartire per l'Italia. Ho trovato l'officina chiusa. È successo qualcosa, che tu sappia?"

"No, niente. Forse hai dimenticato che oggi è domenica."

"È vero! Sto proprio invecchiando. Mi conviene passare a casa. Di sicuro lo trovo lì."

"Ti conviene passare prima in chiesa. È l'ora della funzione, perciò è probabile che sia andato a messa."

"Ottima idea. Ciao, Sam. Ti vengo a salutare prima di partire."

"Prenditi un caffè, prima. Lo faccio ancora buono, sai."

"Grazie, volentieri."

Dopo aver preso il caffè, Jay si avvia verso la chiesa. Si intenerisce, a guardarla, e indugia alcuni istanti prima di entrare. Sembra che gli anni non siano passati. È abituato alla bellezza severa e alla maestà delle chiese italiane, e certamente quella che ha davanti non può certo essere definita come un'opera di grande architettura, ma il senso di dolcezza che prova è ineguagliabile. Bianca, con il campanile al centro della facciata, ancora isolata sul poggio verde, sembra dominare il panorama della cittadina. Alle spalle il mare. Sì, tutto questo può essere definito assolutamente bello!

Entra quasi timidamente. Le panche sono quasi tutte occupate dai fedeli. Cerca di scorgere suo fratello: è in un banco in quarta fila. Jay vede che c'è un posto libero. Avanza quasi in punta di piedi e, arrivato vicino a David, chiede: "Permesso?" David si sposta automaticamente, poi si accorge di Jay. Il suo viso si fa paonazzo, trattiene a stento la tentazione di alzarsi e abbracciarlo. Lo accoglie con quel suo particolare sorriso luminoso e gli prende la mano. Stanno silenziosi per tutta la durata della funzione. Quando finalmente possono uscire, si abbracciano con il solito trasporto, con quell'affetto che malgrado gli anni, malgrado la distanza che li separa, è rimasto intoccato.

Jay scorge in disparte, silenziosa, una giovane donna che li sta osservando sorridendo timidamente.

David si accorge che Jay l'ha notata e, avvicinandosi a lei, la presenta.

"Jay, ti presento May Hickey. Forse non puoi ricordarla, perché quando tu eri ancora qui, lei abitava nei pressi del Monumento al Marinaio. Ci frequentiamo da qualche mese e... beh, io e lei pensavamo che noi..." David si blocca.

"May, mi fa piacere conoscerti e mi fa piacere che vi frequentiate da qualche mese. Questo mi fa pensare che abbiate dei progetti, per quello che ho potuto capire dai farfugliamenti di David..."

"Sì, Jay. Pensi bene" risponde lei cordialmente. "Non hai idea di quante volte tuo fratello mi parla di te. Con quanto orgoglio e soprattutto con quanto affetto."

"Jay, spero che questa volta tu ti trattenga abbastanza da gustare la cucina di May. È una cuoca straordinaria" interviene David.

"Davvero, Jay. Ci faresti un piacere immenso."

Jay pensa che il pranzo sia nella casa dove aveva vissuto da ragazzo, invece è a casa di May. Capisce allora che May e David non convivono. Ognuno vivrà nella propria abitazione fino a che non saranno sposati. La cittadina è piccola e sebbene sia intuibile che David e May si conoscono anche intimamente, tuttavia sono ancora soggetti a osservare una certa forma. Di fronte a questa rigorosa realtà non crede che potrà parlargli di Gianni, neanche questa volta.

Eppure Gianni lo ha fatto e le difficoltà che aveva dovuto affrontare allora non erano state inferiori a quella che dovrà affrontare lui ora.
Si fa coraggio.
"David, prima di partire avrei il desiderio di rivedere la nostra casa. Ci possiamo fermare qualche minuto là?"
Si incamminano tutti e tre verso la casetta.
Il porticato è stato ridipinto di recente, nota Jay. Però il dondolo gli sembra lo stesso... sì è lo stesso di quando era ragazzino. Si sente quasi commosso.
Appena entrato si guarda attorno e vede che è tutto come prima, sebbene la carta da parati sia stata cambiata, e nota come tutto sia più ordinato.
Sale al piano di sopra e si dirige verso la sua cameretta con il soffitto mansardato. Deve camminare curvo in alcuni punti della stanza.

C'è ancora un poster dei Red Sox, e una foto di gruppo di quando giocava a baseball al college. La guarda e sorride.
Si volta e vede David sulla soglia che lo sta osservando con May accanto.
"David, non posso partire senza averti parlato di una cosa che mi sta molto a cuore."
May fa l'atto di allontanarsi. "No, May. Resta. È giusto che ascolti anche tu."
Si siede sul letto. Non sa come cominciare, da dove cominciare. Tortura con le dita il *patch-work* della coperta. Tace fino a che il silenzio si fa pesante.
"Avrei voluto che qui con me ci fosse stata un'altra persona" esordisce.
Al pensiero di Gianni le parole fluiscono dalla sua bocca con facilità. L'imbarazzo iniziale a poco a poco viene sostituito dal sentimento che prova per il compagno in modo evidente. È solo questo che conta ed è su questo che deve fare leva per essere capito, accettato.
Parla senza interrompersi un istante. Parla di Gianni, di che persona sia, parla della sua professione, parla della loro vita, parla dei loro progetti.
Si interrompe quando capisce che non ha più niente da dire.
A quel punto alza lo sguardo sul fratello e sulla sua compagna.
Il silenzio può essere tagliato a fette. David lo guarda stupito più che addolorato. Stupito. Incapace di muoversi, di dire una parola. *'Forse l'ho perso'* pensa Jay.

May invece non ha cambiato espressione. Ha conservato sempre la stessa espressione un po' timida durante tutta la confessione. Si rivolge a David e gli prende una mano: "David, ascolta. Jay avrebbe potuto fregarsene benissimo. Tu vivi qui, lui vive a Roma. Quando mai avresti potuto saperlo? Invece te l'ha confessato. Ti rendi conto di quale atto d'affetto e di stima ha avuto nei tuoi riguardi?"

David volge il capo verso di lei e la guarda a lungo, ma rimane immobile. Non riesce a formulare una sola parola. Jay lo guarda addolorato. Sul volto del fratello riesce a vedere soltanto una gran delusione. *'Ho perduto l'unico membro che rimaneva della mia famiglia'* pensa affranto. Si alza dal letto e si avvicina a David che non ha cambiato né posizione né espressione.

Jay capisce che non può più fare niente. Rivolge lo sguardo verso May che lo ricambia con un'espressione di autentico dolore.

Esce di casa e si avvia verso l'auto parcheggiata nella piazzetta, vicino al pub. L'aereo per Washington partirà nella tarda serata. Dovrà aspettare più di quattro ore, ma non avrebbe potuto sopportare quell'espressione del fratello un solo minuto in più. Vorrebbe piangere.

Eppure DOVEVA dirglielo. Non poteva ingannare la persona che aveva fatto tanto per lui, la persona alla quale doveva tutto. Nello stesso tempo capiva che David era un animo troppo semplice per accettare una verità così pesante. Viene preso dalla tentazione di scrivergli una lettera per spiegargli, per fargli capire.

Poi pensa: e se invece la scrivesse a May? Gli era sembrata una persona comprensiva, più evoluta, anche se lo addolora il non attribuire quel termine al fratello.

Arrivato all'aeroporto, consegna le chiavi all'ufficio del noleggio auto e si dirige verso la libreria: in qualche modo deve ammazzare il tempo che lo separa dall'imbarco.

Si ferma davanti a uno scaffale e, con sua grande sorpresa, vede la versione tradotta de *Il Gattopardo*. Lo conosce già per averlo letto in Italia, ma lo compra ugualmente per vedere se ne è stato conservato lo spirito.

Gira ancora per un po', poi decide di sedersi ad un tavolo della *cafeteria* più vicina. Prende una fetta di *apple pie* e una spremuta di arancia. Comincia a sfogliare il libro appena acquistato e a leggere le prime pagine. Dopo un po' ne è totalmente coinvolto.

È giunto alla descrizione del viaggio della nobile famiglia verso la proprietà di Donnafugata, quando si accorge con la coda dell'occhio che una persona si è seduta al suo stesso tavolo. *'Con tutti i tavoli che ci sono doveva sedersi proprio qui. Magari è uno dei soliti attaccabottoni. Non ho proprio voglia di parlare. Con nessuno.'*

Seguita a leggere, ma c'è qualcosa che disturba la sua lettura, che lo distrae. Certo: è un profumo.

È il profumo del dopobarba usato da David. Ha quasi paura di sollevare lo sguardo.

E invece ha davanti a sé proprio il fratello.

Allunga una mano sul tavolo e David gliela prende e la tiene stretta, serrata nella sua. Jay preferisce soffrire il dolore che la stretta del fratello gli provoca, piuttosto che ritirare la mano.

Non hanno bisogno di dirsi niente.

È Jay a rompere il silenzio.

"Come sta May?" gli chiede con la voce rotta.

"Esattamente come l'hai lasciata. Non è voluta venire. Ha detto che è una questione, questa, che dobbiamo risolvere fra noi due."

"È una donna incredibilmente sensibile" osserva Jay.

"Jay, non so da dove devo cominciare, non so che cosa dire se non che sono un animale senza un briciolo di cervello."

"No, David. Non sei affatto un animale privo di cervello. Mi sono reso conto troppo tardi che la mia confessione ti è piombata addosso come una valanga. Però DOVEVO dirtelo, capisci? Come avrei potuto vivere nell'inganno proprio con te? Sapevo che stavo rischiando molto, che forse ti avrei perduto, però dovevo farlo. Dovevo farlo perché ti voglio bene e ti rispetto."

"Jay, io non capisco bene queste cose, non ci arrivo. Mi devono essere spiegate con pazienza. Forse un giorno ci arriverò, ma al di sopra di qualsiasi considerazione ci sei tu. E non voglio perderti."

È un lungo momento in cui i due fratelli si guardano commossi, incapaci di parlare.

David dà un colpo di tosse per soffocare la commozione.

"So quanto vali, Jay, e non mi meraviglia che Johnny abbia potuto innamorarsi di te. D'altra parte se tu lo sei di lui, voglio dire innamorato, significa che lui è alla tua altezza. Sto facendo un discorso strampalato, ma sono certo che mi hai capito. May ed io pensiamo di sposarci presto,

comunque entro il prossimo anno. Naturalmente tu e Johnny sarete i primi a saperlo. Inventatevi qualche cosa con i vostri principali, perché vi vogliamo qui. Intesi?"
Jay quasi esplode per la felicità. "State tranquilli. Ci saremo anche a costo di essere licenziati."


Jay ritorna in Italia i primi di dicembre. Si meraviglia che Gianni non accenni alla lettera che gli ha mandato da Washington. Evidentemente non l'ha ancora ricevuta, altrimenti gliene avrebbe parlato. Decidono di andare a pranzo da Mimmo. In quel mentre suona il campanello.
"Jay, per favore va' tu ad aprire. Io sono appena uscito dalla doccia."
Jay si avvia verso l'ingresso e apre la porta.
Davanti a lui sta un giovane uomo attraente ed elegante. È Alex, ma Jay non lo conosce.
"Buon giorno. Mi chiamo Alessandro Sistori" si presenta educatamente. "Sto cercando l'architetto Gianni Bini."
Jay lo fa accomodare in salotto e lo prega di attendere un istante. Si dirige verso la camera da letto dove Gianni sta finendo di vestirsi.
"Chi era?"
"C'è un certo Alessandro Sistori che chiede di te."
Gianni, che si sta infilando la camicia dentro i pantaloni, guarda Jay con aria incredula e gli occhi spalancati.
"Chi?!"
Jay ripete il nome. "E devo ammettere che è anche piuttosto bello" aggiunge con un sorrisino ironico che cela molte domande.
Gianni si sistema la camicia in fretta e si precipita in salotto. Si ferma sulla soglia e fissa lo sguardo sul giovane uomo intento a guardare fuori della finestra e nel quale riconosce il vecchio amico. Sentendosi osservato, Alex volge il capo. Un lieve sorriso gli appare sulle labbra, poi entrambi, di slancio, si gettano l'uno nelle braccia dell'altro. Rimangono a lungo così, senza parlare, dandosi soltanto delle grandi manate sulla schiena.
Quando si separano sono visibilmente emozionati.
Jay, sulla soglia, assiste stupito, in silenzio, alla scena che si sta svolgendo sotto i suoi occhi.
"Vieni, sediamoci" dice Gianni. "Prima che ti stordisca con le mie domande. Che sorpresa! Chi l'avrebbe mai detto!" Poi, volgendosi verso

il compagno, che era rimasto in disparte: "Jay, avvicinati. Qui davanti a te hai una fetta importante della mia vita" e rivolgendosi al vecchio amico spontaneamente con il diminutivo che gli amici usavano da sempre con lui: "Alex, questo fusto che vedi davanti a te rappresenta il mio presente e, spero, il mio futuro."
Jay sorride finalmente sollevato e stringe calorosamente la mano che Alex gli porge.
"Qui ci vuole un brindisi" dichiara Gianni con emozione. "Un brindisi all'amicizia." Jay si precipita felice in cucina e ritorna con una bottiglia di Brut e tre flute. I due vecchi amici brindano all'amicizia ritrovata e Jay, anche se naviga ancora nella nebbia più fitta, si unisce a loro.
"Dai, Alex, raccontami tutto. Proprio ieri sera parlavo con Nicoletta e mi ha detto della visita che le hai fatto giorni fa. Le ha fatto veramente piacere."
"Il piacere è stato mio. Ho trovato in splendida forma sia tua sorella che Roberto. Ho conosciuto anche il loro figliolo, Stefano, se non sbaglio. Un bel bambinone e molto gioviale, anche."
"Sì" replica Gianni. "Nicoletta e Roberto hanno avuto alcuni problemi prima di averlo ed è comprensibile che ora Stefano rappresenti tutta la loro vita. E tu? Tu hai una femmina, se non sbaglio."
"Sì. Ha quasi cinque anni ed è tutta sua madre. In tutto. Viziata come lo era Daniela - e in questo devo dire che mio padre dà il suo contributo - e furba come una volpe. Io faccio del mio meglio per bilanciare la situazione, ma confesso che mi ha letteralmente in pugno. Dice che da grande vuole aiutare la cicogna a portare i bambini" conclude ridendo, visibilmente soddisfatto.
Jay e Gianni si uniscono allegramente a lui.
"Neanche noi due con Stefano ci andiamo molto piano" interviene Gianni. "Lui, poi" aggiunge indicando Jay, "è letteralmente suo schiavo. Comunque è un'autentica gioia per noi due."
"Ehi!" esclama Alex, rivolgendosi all'amico. "Datti una calmata. Parli come se foste due nonni. Ma stiamo scherzando? Tu, Gianni, ti sei diplomato con me nel 1956. Eravamo coetanei allora e lo siamo anche adesso. Diciamo che, arrotondando per eccesso, abbiamo circa ventisei anni.
"Per quanto riguarda te, Jay, mi è giunta voce che ne hai una decina più di Gianni, dunque dovresti essere intorno ai trentacinque."

"Si tratta di una voce assolutamente malevola. Sono del '32 e dunque ne ho appena compiuti trentuno" corregge Jay fingendosi offeso.

"Ragazzi" riprende Alex. "Siamo tutti nel fiore della vita. Che volete di più?"

"Sai, Jay" riprende Gianni rivolgendosi al compagno. "Alex è titolare di un'importante ditta manifatturiera di calzature che ha clienti anche in USA, vero Alex?"

"Verissimo. Ora siamo un po' preoccupati per la tragedia che ha colpito il tuo Paese, Jay. Una tragedia che ci addolora tutti."

"Ti ringrazio, Alex. Immagino che tu ti riferisca all'assassinio di Kennedy. Sì, è stata un'autentica tragedia."

"Jay, da Americano che vive in Italia, che ne pensi di questa infamia?" La domanda è posta con autentico interesse.

"Da kennediano convinto" risponde pronto Jay, "posso solo piangere la scomparsa di un grande uomo e di un ancor più grande presidente. Kennedy ha rappresentato un'ondata di ottimismo in tutto il mondo, perché ha rappresentato un esempio. Una guida. Una speranza."

"Allora, perché ucciderlo?"

"È triste dirlo" risponde Jay, "ma la nebbia che avvolge questa tragedia è, secondo me, ancora molto fitta, anche se il colpevole, stando ai fatti come ci sono stati presentati, ha già pagato per il suo delitto. Quindi il caso dovrebbe considerarsi concluso, ma non è così. Questa conclusione può forse fare contento l'Americano medio ma, sempre secondo me, siamo sicuri che dietro questo colpevole non ci sia qualcuno? Possiamo accontentarci del semplice atto di fanatismo? Certo, questa sarebbe la soluzione più comoda, perché il fanatismo, di qualunque colore, di qualunque fede, vive di paure, e pertanto tende a distruggere tutto ciò che teme o che crede possa rappresentare una minaccia."

"Cosa c'è sotto? Si parla persino di mafia" osserva Alex sempre più interessato.

"Forse" replica Jay, "sono domande, queste, che richiedono una risposta. Tutte! Assolutamente! Resta però la certezza" continua, "dell'insegnamento che Kennedy ci ha lasciato: perseguire i nostri ideali, costi quel che costi, anche con mosse azzardate che potrebbero portare a dure conclusioni, sempre in nome di quegli ideali di giustizia e di libertà che, se permetti, sono un nostro patrimonio inalienabile."

"Sì, senza dubbio. Da parecchi politici di tutto il mondo è stato definito il più grande Uomo di Stato degli ultimi tempi" aggiunge Alex. "In effetti ciò che lo rende ancora così amato e stimato è quel suo aver saputo valutare le situazioni e le possibili risposte non tanto da un punto di vista americano - che comprensibilmente non poteva non essere presente nella sua politica - quanto da un punto di vista internazionale."

"Ed è qui, infatti, che sta la sua grandezza, Alex. Non dimentichiamoci dell'atteggiamento intransigente con cui ha portato avanti la crisi caraibica e la conseguente, frettolosa ritirata di Khruscev, atti, questi, che dimostrano tutti, incontestabilmente, quale intuito formidabile avesse nel trattare un argomento di portata internazionale come questo. Resta però il fatto che" prosegue Jay ormai infervorato dall'argomento, "oltre al rimpianto ci ha anche lasciato l'eredità del Vietnam, una guerra da molti americani ritenuta inutile, dispendiosa e che non si sa dove ci condurrà, specialmente dopo il bombardamento USA di quest'anno. L'unica cosa veramente certa è che i genitori americani sono stanchi di sentirsi dire che i loro figli sono morti per la Patria. Kennedy è il secondo Grande che viene sottratto all'umanità in questo secolo. Il primo è stato Giovanni XXIII. Due grandi esempi per tutti noi, due grandi uomini che hanno saputo parlare alle nostre menti e ai nostri cuori."

"Certo che sarà dura" osserva Alex, "per Lyndon B. Johnson sostenere il confronto con il suo predecessore."

"Penso anch'io che non sarà affatto facile" commenta Jay. "Così come non è facile per Paolo VI sostenere il confronto con Giovanni XXIII. Comunque, tornando a Johnson, avendo ottenuto l'approvazione dei Diritti Civili contro qualsiasi forma di discriminazione razziale, diciamo che ha già dei buoni punti a suo favore."

"Già, tanto più che, se non sbaglio, è del sud" conclude Alex.

Gianni non interviene nella conversazione. È un momento di grande felicità. Va con lo sguardo dal caro amico ritrovato all'uomo di cui è innamorato.

"Alex, non puoi darti alla fuga proprio adesso. Quando hai suonato alla porta stavamo andando a pranzo fuori. Ho già fissato per tre posti. I discorsi li proseguiamo al ristorante."

I tre giovani sono seduti al tavolo e, sebbene Gianni e Alex tentino di coinvolgere Jay nei loro discorsi, è chiaro che difficilmente lui può prenderne parte. Ma non è offeso. Al contrario è felice che lo rendano partecipe di quella che è stata una vita basata sull'amicizia. Inevitabilmente il discorso cade su Bruno. "Non riesco ancora a rendermi conto del come e perché sia successo" osserva Alex. "Tu, Gianni, eri quello che lo frequentava più assiduamente. Non ti ha mai detto niente? Non ti ha mai fatto nessuna confidenza?"

"Si era confidato con me qualche giorno prima di Capodanno. Il problema? La sua grande, incolmabile solitudine, il non sentirsi amato e la convinzione di essere incapace di amare. Forse la madre è stata la causa scatenante, ma la cosa, stando a quanto mi aveva detto, risaliva all'infanzia, quando nessuno dei due genitori era stato capace di trasmettergli il proprio amore. Se ne avevano."

Jay ascolta attento quel brano di vita che il suo compagno non gli aveva mai raccontato.

"E il Capodanno con chi lo ha passato?" riprende Alex con profondo, commosso interesse.

"Lo passò con noi. Fu allegro, dolcissimo con i miei genitori, scherzò con mia sorella e nessuno, tranne me, sapeva del dolore che lo tormentava. Disse che il I° l'avrebbe passato a casa a fare i bagagli, perché voleva tornare a Roma quanto prima. Gli domandai perché tanta fretta, visto che le lezioni sarebbero cominciate dopo l'Epifania, ma lui eluse la mia domanda. Mi disse soltanto: 'Prima di partire ti telefono' perciò non volli assillarlo con le mie premure e non lo chiamai. Lo cercai inutilmente dopo due giorni, visto che non si era fatto vivo, sia al telefono sia andando a casa sua. Fu la madre che, rientrando dalla sua vacanza parigina, lo trovò. Non riesco a immaginare cosa possa aver provato nel vedere lui cianotico, disteso sul letto e, sul comodino, il flacone di barbiturici. L'unica persona che le venne in mente di chiamare fui io. Accorsi subito e... - la voce di Gianni si spezza, poi si riprende - mi avvicinai e guardai. Non riuscivo a capacitarmi e, mentre lo guardavo, ripensavo al nostro colloquio prima di Capodanno. Probabilmente stava pensando al suicidio già da allora, ma forse ha pensato che facendolo *prima* avrebbe amareggiato le mie vacanze. Ci pensate? Lui che si definiva arido come un ramo secco."

Il silenzio che si era formato dopo il racconto di Gianni viene interrotto da Mimmo.

"Regà, se venite qui tutti e tre, tutti i giorni, ve pago."

I tre giovani lo guardano interrogativi. "Al tavolo dietro al vostro ce stavano tre francesi che non v'hanno tolto l'occhi de dosso un minuto e dopo che hanno pagato m'hanno domandato se eravate inclusi nel menù." L'intervento di Mimmo ha spezzato quel clima di mestizia che si era creato dopo il racconto fatto da Gianni. "Spiegatemi una cosa: essendo in due a lavorare e a lavorare in attività diverse, dagli orari alquanto diversi, come organizzate la vostra vita?" È Alex ad avere posto la domanda.

"Beh, ci eravamo accorti che dovevamo fare un po'di salti mortali per stare insieme" interviene Jay. "Sicuramente fra noi due io ero quello che poteva disporre con maggiore elasticità del proprio tempo. Avevamo fatto in modo di vederci, quando era possibile, nell'ora dell'intervallo per mangiare un panino insieme. Avendo la macchina, ero sempre io quello che si muoveva. Avremmo potuto incontrarci alla mensa del mio giornale, ma per Gianni sarebbe stato troppo scomodo venire fino là. Insomma, il tempo di cui potevamo disporre era né più né meno il tempo di cui può disporre una coppia i cui componenti lavorano."

"A quanto vedo, però" interloquisce Alex, "questo tempo limitato non mi sembra che abbia causato nessuna crisi nel vostro rapporto."

"No, assolutamente nessuna" replica Gianni. "Anzi, direi che si è fatto più saldo da quando la rivelazione fatta ai miei ci ha messi in pace con il mondo. E inoltre" continua, "abbiamo sempre una buona fetta di sera da passare insieme, che ci consente di andare a cena fuori, a teatro o al cinema. Non è poi così male."

"Sì, in complesso non possiamo lamentarci. Certo, arriva ogni tanto sia per me che per Gianni il momento in cui dobbiamo assentarci per lavoro. In questo caso è un po' dura, specialmente quando le assenze vanno oltre le due settimane, però è il nostro lavoro. È il lavoro che ci siamo scelto. In questo momento, per esempio, io devo occuparmi di fatti di cronaca romana che non prevedono spostamenti, per cui tutto procede nel modo più felice per noi."

"In effetti vi vedo contenti, innamorati. Penso che non corriate pericoli di nessun tipo. Vivete insieme da molto tempo?" domanda ancora Alex.

"Da subito dopo che ho presentato Jay ai miei. Prima si stava un po' qui da me e un po' a casa sua. Ma poi abbiamo pensato: perché sprecare

tempo e denaro per un appartamento in affitto, quando quello in cui viviamo sarebbe potuto diventare di entrambi? Era un'assurdità."
"Avete fatto benissimo. Bene" esclama Alex, alzandosi, "e ora che tolga le tende. Devo passare in fabbrica da papà e poi... New York."
"Salutami Daniela, dà un bacione alla bambina e salutami tanto tuo padre. Come sta?"
"Vive per l'azienda e per il lavoro. Sì, sta bene."
"Alex, non sparire di nuovo. Teniamoci in contatto."
"Lo farò senz'altro. Non immaginate che piacere sia stato il vedervi e il conoscere te, Jay. Formate proprio una bella coppia. Complimenti e auguri per tutto quello che desiderate."
Gianni e Jay accompagnano Alex alla macchina e si salutano con un abbraccio collettivo, poi, quando l'auto sparisce dalla loro vista, rientrano a casa.
Nella buca delle lettere c'è della posta, compresa la lettera che Jay ha spedito da Washington; ha impiegato quasi dieci giorni dal momento del suo invio.
Gianni la legge con emozione e, dopo averla terminata, abbraccia Jay, senza dire una sola parola.
Jay gli parla del colloquio avuto con David.
"Come l'ha presa?" chiede Gianni con un misto di interesse e di timore.
"Ci vuole al suo matrimonio" risponde il compagno senza dilungarsi.
"Sapessi quanto sono felice per te. Non avrei potuto sopportare l'idea di un rifiuto da parte di tuo fratello. So che ti avrebbe provocato un dolore terribile."
"È vero. Siamo stati entrambi fortunati ad avere i familiari che abbiamo."
"Che effetto ti ha fatto ritornare nella tua casa?"
"Ah, come faccio a descriverlo? La chiesa bianca sullo sfondo dell'oceano, la grande profusione di verde, e poi casa mia. Sotto il portico c'è ancora il dondolo dove ricordo che sedeva papà con la pipa in bocca e il bicchiere di birra in mano. E mamma vicino a lui, su una poltroncina, che sferruzzava o cuciva." La voce di Jay trema.
Gianni gli si avvicina. Ha quasi timore di fargli la domanda, ma si fa coraggio: "Ci torneresti?"
Jay lo guarda a lungo, in silenzio. Gli afferra la mano e se la porta alle labbra.

"No, amore, no. L'essere ritornato là mi ha fatto indubbiamente piacere; è stato come compiere un salto nel passato, come rivivere certi momenti, certi ricordi, che sono tutti dentro di me. Probabilmente tornando là per restarci questi ricordi verrebbero cancellati a contatto con la realtà quotidiana, e ti confesso che mi dispiacerebbe se così avvenisse. E poi, tornare per fare che cosa? La redazione del giornale ha tre, dico tre impiegati e non è certo che rimarrà aperta ancora per molto. Quanto agli architetti, beh, dovresti sottoporti a degli esami integrativi; in una lingua straniera, per di più. Te la sentiresti? No, io credo che parlare di tornare in America potrebbe avere un significato se si parlasse di New York, Chicago o anche Washington, ma le cittadine, no. Graziose finché ti pare, ma sono ancora quasi tutte delle piccole Peyton Place. No! Roma va benone. Con tutti i suoi difetti. O sei forse tu che vorresti andare in America?" aggiunge scherzando.

"Per quanto ne so, ti seguirei anche in Alaska e tu sai quanto io odi il freddo" risponde Gianni.

"Non preoccuparti" Jay gli circonda le spalle con il braccio e lo conduce verso la finestra, i cui vetri riflettono, quasi incandescenti, il colore del sole.

"Niente Alaska per il momento" stringe Gianni a sé ancora più forte. "E poi, dove lo troveresti in Alaska un tramonto come questo?"


**FINE**

# EPILOGO

È un libro ottimista, almeno nelle mie intenzioni. È un libro scritto con la inesauribile speranza che le cose cambino in meglio, in fretta e che ci sia la comune consapevolezza che TUTTI gli uomini, intesi come complesso degli esseri umani, DEVONO essere uguali di fronte alla legge di qualunque Paese e di qualunque Credo.

Non c'è assolutamente niente di autobiografico, in questo racconto
- tranne il fatto che gli anni descritti sono gli stessi che ho vissuto quando avevo l'età dei protagonisti;
- tranne il fatto che gli spaghetti alla puttanesca sono forse il mio piatto preferito insieme con lo stoccafisso. E anche il baccalà;
- tranne ancora il fatto che i due colloqui, sia pure adattati alle esigenze del racconto, che il protagonista ha con i due studi professionali, rispecchiano abbastanza fedelmente esperienze vissute personalmente;
- tranne il fatto, infine, che, sì, ebbene sì, nel racconto ho riportato molti miei desideri e molte mie speranze.
Però preferisco non rivelare quanti di essi si sono realizzati e quanti stia ancora aspettando che si realizzino.

# INDICE

9 788889 121776